밤이
끝나는
곳

나는 세 명의 엄마와 함께
밝아오지 않는 밤을
살아간다

밤이
끝나는 곳

온다 리쿠 장편소설 — 이정민 옮김

果つる夜のところ

1 ———————

여자는 기다리고 있었다.

어두운 방 안에서, 열린 창문 앞에 오도카니 앉아 창
백한 얼굴로 멍하니 기다리고 있었다. 생기 없는 얼굴
은 수명이 다한 전구를 연상케 했다. 먼지가 뽀얗게 내
려앉아 가슬가슬하게 마른 전구. 뺨과 눈동자를 빛내
기 위한 가냘픈 전선이 영원히 끊어진 유리알 껍데기.
　여자는 빨간 색연필을 손에 쥐고 있었다. 끝이 날카
롭게 깎인 어린이용 젓가락 길이의 빨간 색연필을 무
릎 위로 단검처럼 쥐고 있다. 할복이라도 하려는지 뾰
족한 부분이 배를 향하고 있다.
　이따금 느닷없이 빨간 색연필을 눈앞으로 천천히 들
어 올려 색이 탁한 혀를 고양이처럼 날름 내밀어 색연
필 끝을 핥았다. 그러고는 이내 흥미를 잃은 듯이 색연

필을 쥔 손을 무릎 위로 툭 떨어뜨린 뒤 꼼짝 않고 창밖을 바라보는 것이었다.

여자는 항상 똑같은 것을 보고 있었다.

여자가 있는 2층 모퉁이 방의 창밖 처마 끝에는 낡은 새장이 매달려 있었다. 초롱처럼 생긴 녹슨 철제 새장에는 새가 든 적이라고는 없이 언제 봐도 텅 비어 있었다.

여자는 하루 종일 꼼짝 않고 새장을 올려다봤다.

그리고 뭔가를 기다렸다.

간혹 여자는 새장에 시선을 고정한 채 느닷없이 캬아악, 하고 기묘한 소리를 질렀다. 소름 끼치는 그 쇳소리는 한 번 시작하면 웬만해서는 멈추지 않았다. 부릅뜬 눈과 찡그린 얼굴로 끊임없이 소리를 지르다, 누군가가 "시끄러워! 조용히 좀 해!" 하고 외쳐야만 그쳤다.

공작새 울음소리를 흉내 내는 거야, 하고 사야코가 가르쳐줬다.

사야코는 많은 것을 알고 있었다. 수컷 공작새는 밤에 울기도 하거든, 공작새는 숲에 사는데 밤중에 숲속에서 저런 울음소리를 낸대.

사야코는 무슨 이야기를 하든 늘 별것 아닌 것처럼 말했다.

가즈에 씨는 어쩌면 새장 속에서 공작새를 보고 저렇게 소리를 지르는 걸지도 모르겠어.

공작새 울음소리를 흉내 내고, 하루 종일 텅 빈 새장

을 바라보고 있는 여자가 나를 낳아준 엄마라는 사실
을 가르쳐준 것도 사야코였다.

2 ⸺⸺⸺⸺⸺⸺⸺⸺

그렇다, 그 무렵에는 그것이 내 세상의 전부였다.

해는 없었다.

나는 그곳에서 해를 본 기억이 없다. 내 세상은 대부분 밤으로, 세상이 밤에 잠겨가는 짧은 황혼과 밤에 꼬리처럼 매달려 있는 아주 잠깐의 새벽으로 이루어져 있었다.

밤은 화려하고, 피곤하고, 얄팍하고, 무겁고, 번져 있었다.

꿈속에서처럼 붉은빛이 감도는 초롱불. 여자들의 교성과 흐느낌, 누군가의 욕설, 낮게 흐르는 노랫소리, 멀리서 천둥이 치는 소리가 곳곳에 꾸며진 작은 정원 위에서 느리게 빙글빙글 소용돌이치다 고여 갈 곳을 잃었다.

여자들이 있고 얼굴 없는 사내들이 있고 그림자처럼 오가는 늙은이가 있고, 환하고 텅 빈 어둠의 밑바닥에서 그림자가 어른어른 흔들리고 있었다. 돌아가고 있었다. 꿈틀거리고 있었다.

사야코는 가끔 나를 달을 볼 수 있는 월관대月観臺에 데려가줬다.

그녀는 월관대라 불렀지만, 그곳이 원래 목적대로 사용되는 일은 거의 없었다. 평소 여자들이 속옷 빨래를 말리는 장소로 사용했기 때문이다. 아니, 어쩌면 원래 빨래 건조장인데 사야코가 잘못 알고 있었을지도 모른다.

어쨌든 좁다란 널빤지에 앉아 무너져가는 난간에 기대어 먼 곳을 내다보면 잠깐씩 기분 전환이 됐다. 사야코는 늘 말없이 먼 산 사이로 언뜻 보이는 바다를 시력이 나쁜 눈을 가늘게 뜨고 하염없이 바라봤다.

기억 속의 바다는 언제나 어두웠다. 먼 하늘에는 시커먼 비구름이 낮게 깔려 있고, 이따금 하늘에 금이 가듯 번개가 줄줄이 내리쳤나 싶으면 이내 사라졌다. 번개가 사라지고 나면 잠시 후 이번에는 배 속에 천둥소리가 울렸다. 나는 그 울림을 옴찔옴찔하면서 즐겼지만, 사야코는 반응은커녕 그 무시무시한 소리에도 눈 하나 깜짝하지 않았다.

저기는 어디야? 하고 나는 물었다.

저기라니? 하고 사야코는 무심하게 되물었다.

저 깜빡깜빡 빛나는 곳, 하고 나는 산 사이의 작은 삼각형을 가리켰다.

밤의 끝이야, 하고 사야코는 대답했다.

저기서 밤이 끝나.

그럼 여기는? 하고 나는 물었다.

여기라니? 하고 사야코는 또 무심하게 되물었다.

여기는, 하고 말하다 나는 말문이 막혔다. 그래서 뾰로통하게 대꾸했다.

여기는 여기지, 사야코랑 가즈에랑 후미코 씨가 있는 곳.

아, 그렇구나, 하고 사야코는 차갑게 말했다.

밤이 시작되는 곳이야. 여기에서 어두운 밤이 시작돼.

사야코의 대답을 듣자, 정말로 이 유곽의 창문이란 창문에서 어둠이 뿜어져 나와 하늘을 뒤덮는 모습이 눈에 보이는 듯한 기분이 들었다. 순식간에 짧은 황혼을 뒤덮고 점점 무거워지는 어둠이 유곽을 에워싸는 모습이.

그래서 내 세상은 언제나 밤이었다.

내 세 명의 엄마가 살고 있고 엄마들과 관련된 사람들이 살고 있는, 그 기묘한 유곽에서 시작되는 밤과, 밤이 끝나는 곳까지가 내 전부였다.

3 —————————

'낳아준 엄마와 길러준 엄마'라는 말의 의미를 오랫동안 알지 못하고 지냈다. 당시의 나는 마지막 순간까지 이해하지 못했던 것 같다.

그림책으로 '바다에서 물고기를 잡는 형 우미히코와, 산에서 산짐승을 잡는 동생 야마히코'의 이야기를 읽으면서 나는 '낳아준 엄마'는 '바다의 엄마'이고, 길러준 엄마의 '소다테'는 산에서 자라는 나무 같은 것의 이름인 줄 알았다. (옮긴이 주―'낳아준 엄마'는 일본어로 '우미노하하産みの母'다. 이 '우미'와 바다를 뜻하는 '우미海'의 발음이 똑같다. '길러준 엄마'는 '소다테노하하育ての母'다.) 그래서 사람은 모두 '바다의 엄마'와 '산의 엄마'를 갖고 있구나, 하고 막연하게 생각했다.

사야코의 방에는 오래된 도감과 화집이 많았다. 그 책들을 뒤적이는 사이 내 머릿속에서 '바다의 엄마'는

〈비너스의 탄생〉이 되고, '산의 엄마'는 〈모나리자〉가
됐다. 빨간 색연필을 쥔 가즈에가 바다 위의 조개껍데
기에 올라서 있고, 사야코는 손을 포개고 미소 짓고 있
다. 나는 얼굴을 바싹 붙인 채 바다 위를 날아가는 남녀
중 어느 한쪽이다. 혹은 바다 위로 지는 꽃 중 하나다.

사야코의 방은 항상 잘 정돈되어 있어 이 방만 놓고
보면 지극히 평범한 여자 선생님의 방처럼 보였다. 사
야코 또한 그녀 한 사람만 놓고 보면 방 주인에 걸맞은
번듯한 학교 선생님으로 보였기에 가령 누군가에게 이
방을 보여주고 사야코를 포함해 젊은 여자를 열 명쯤
세워놓은 뒤 방 주인을 찾으라고 하면 대부분은 알아
맞혔을 것이다.

실제로 사야코는 공부를 잘 가르쳐줬고 우수한 선생
님이었다. 내가 잠깐 다닌 학교의 선생님들보다 훨씬
총명했다. 그런 그녀가 유곽에서 지낸다는 사실이 이
상할 따름이었다.

유곽에 사는 여자들에게는 공통된 위화감 같은 것이
있었다. 어떤 의미에서는 과잉되고 또 어떤 의미에서
는 결여되어 있었다. 하지만 사야코는 늘 한결같았다.
수수하고, 번듯하지 않은 곳에 사는데도 번듯한 태도
를 잃지 않았다. 그래서 어쩌면 사야코는 누구보다도
큰 위화감을 안고 있었을지 모르지만, 동시에 누구보
다도 유곽에서 자연스럽게 지냈다.

하지만 지금의 나는 안다. 유곽의 여자들은 결코 별

난 사람들이 아니었다는 것을. 유곽 밖에 있는 여자들도 마찬가지였다. 어딘가 지나치거나 부족하기도 하고, 밤중에 소리를 지르거나 조개껍데기 위에 서 있기도 했다. 다른 누군가를 깔보고 시샘하고 헐뜯고 모함했다. 때로는 상대에게 매달렸다가 도움의 손길을 내밀기도 했다.

그런데도 기억 속 사야코의 모습은 변하지 않았다.

흰 블라우스, 회색 타이트스커트, 감색 카디건. 머리카락을 귀 뒤로 넘기고 책장을 넘겨 책을 읽는 데 몰두하는 옆얼굴.

월관대에 무료한 듯이 걸터앉아 저 멀리 조그맣게 보이는 삼각형을 바라보는 옆얼굴.

사야코는 도대체 정체가 뭐였을까.

4 ————————————

유곽은 산속에 있었다.

그런데 나는 왠지 가까이서 바다를 느꼈다. 이유는
모른다. 진짜 바다는 저 멀리 언뜻언뜻 빛나는 작은 삼
각형에 불과한데도 가끔 문득 바다 냄새와 밀려오는
파도를 느꼈다.

그런 일은 대체로 한밤중에 일어났다. 바다의 기운이
어둠 속의 나를 감싸고 있는 것을 느끼고 잠자리에서
벌떡 일어났다.

그럴 때면 나는 홍수가 밀어닥치는 착각을 하고 겁
에 질렸다. 소용돌이치는 파도가 유곽을 집어삼켜 모
두가 물에 빠지는 것이 아닌가 하는 공포에 떠는 나에
게, 한방에서 자고 있던 히사 씨가 저건 바람 소리다,
솔숲을 빠져나오는 바람 소리가 파도 소리처럼 들리는
거야, 물이 아니다, 물이 아니야, 하고 잠이 덜 깬 목소

리로 계속 달래줬지만, 좀처럼 믿을 수가 없었다.

홍수 때문에 겁먹은 이튿날 아침이면 꿈이었다는 것을 확인하기 위해 밖으로 나갔다.

적송림을 기어오르는 바람 소리는 밤중에 들은 소리와는 완전히 달랐다. 히사 씨의 말대로 파도가 찰싹이는 소리로 들리는 것 같기도 했지만, 이 정도의 소리를 홍수가 밀어닥치는 소리로 착각했을 리가 없다.

납득이 가지 않아 솔숲 속을 걸어가면서 아침의 유곽을 돌아봤다.

유곽은 막 잠이 든 상태였다.

나는 유곽을 볼 때마다 늙은 물새를 떠올렸다.

날개를 펼친 모양을 띤, 일본풍과 서양풍과 중국풍이 절충된 건물은 아침 햇빛 속에서는 다 쓰러져갈 듯이 낡아 보였다. 마치 회색 왜가리가 밤새 날아다니느라 지쳐 숨을 할딱이며 눈을 감고 축 늘어진 몸을 쉬는 것처럼 보였다.

유곽은 기묘한 색을 띠고 있었다.

지붕은 검은 기와로 덮여 있지만 벽은 무엇으로 만들어졌는지 알 수 없었다. 벽돌인지 콘크리트인지 목재인지, 아니면 그 모든 재료가 섞여 하나로 융합되었을지도 모른다. 그 뭔지 모를 벽이 빛바랜 것 같기도 하고 녹슨 것 같기도 한 보라색이 도는 회색으로 변해 있었다. 그것은 여름 끝자락의 패모, 즉 검은 백합의 색을 떠올리게 했다.

창문은 전부 팔각형으로 크게 나 있었다. 1층 창밖은 회랑처럼 되어 있고 기하학적 무늬가 들어간 난간을 포함해 중국풍으로 만들어졌다. 그런가 하면 연못 위로 뻗어 나온 다다미방은 일본의 다실 같았고, 별채처럼 지어진 레스토랑은 완전히 서양풍이었다.

　정원은 통일감이라고는 없었다. 물을 사용하지 않고 돌과 모래, 바위로만 자연 풍경을 표현한 고산수 정원이 있는가 하면, 장미원도 있고, 창포가 심어진 연못, 그리고 작은 사당까지 설치된 식이었다. 정원 손질은 매번 엉망이 되기 직전의 아슬아슬한 지점까지만 되어 있었다.

　해 질 녘이 다가와 환영의 의미로 현관 앞에 물을 뿌린 뒤 그 물에 불빛이 어리는 시각이 되면 유곽은 확 달라졌다.

　컴컴한 밤, 어두운 산등성이 아래 기슭에서 유곽 전체가 하나의 랜턴처럼 요염한 빛을 내며 떠오르는 것이다.

　창문 하나하나가 숨을 쉬기 시작하고 불빛이 눈을 깜빡인다.

　레스토랑에서 흘러나오는 나직한 선율.

　잔이 달그락거리는 소리, 남자 종업원들의 살기 서린 목소리, 채소를 삶는 달짝지근한 냄새.

　유곽은 어둠 속에서 각성한다. 늙은 물새의 현실 따위는 현실이 아니다, 지금의 나야말로 진정한 나 자신이다, 하고 자신만만한 목소리로 선언한다.

특히 달이 없는 맑고 차가운 밤의 유곽은 한층 아름다웠다.

그 유곽의 이름은 추월장墜月莊이었다.

5 ————————————

추월장 현관에 들어서면 바로 카운터가 나온다.

카운터 앞에서 복도가 좌우로 나뉘는데, 왼쪽은 레스토랑, 오른쪽은 라운지로 연결된다. 묵직한 목제 계산대. 그 뒤로는 무게감 있는 연지색 벨벳 커튼이 드리워져 있다. 추월장의 모든 계산은 여기서 하게 되어 있다.

연지색 커튼 앞에는 항상 후미코가 서 있었다.

가즈에가 필라멘트가 끊어진 전구라면 후미코는 무거운 청동 꽃병 같았다. 표면이 꽉 차도록 무늬가 그려져 있고 실제로 들어보면 생각보다 무거워서 몸이 조금 휘청할 만한 꽃병 말이다.

후미코는 표정이 없는 여자였다. 뚜렷한 이목구비치고는 인상이 흐릿해서 때로는 지나치게 빈틈없어 보이고 때로는 못 견디게 우둔해 보였다.

후미코는 늘 풍성한 머리카락을 크게 틀어 올려 고정하고 무거운 색 기모노를 입었다. 그중에서도 잘 기억나는 것은 깊은 늪 같은 말차색의 기모노로, 그 기모노를 볼 때마다 왠지 우울한 기분이 들었다. 그녀는 항상 계피 맛이 날 듯한 마노 반지를 끼고 장식물처럼 카운터에 서 있었다.

후미코가 먹거나 마시거나 웃는 모습을 본 기억은 거의 없다. 기억 속의 후미코는 항상 서 있었고, 카운터를 보고 있었고, 똑같은 표정으로 커튼 앞에 있었다.

손님에게는 머리를 깊이 숙이지만, 얼굴은 웃고 있지 않다는 것도 알고 있었다.

나는 후미코가 어려웠다.

때로 빈틈이 없고 때로 우둔해 보이는 후미코가 실은 어떤 사람인지, 나를 빤히 보는 눈이 무슨 생각을 하는지 알 수 없기 때문이다.

후미코는 내가 쩔쩔맬 정도로 나를 한참 쳐다보곤 했다. 바로 정면에서 볼 때도 있고 멀리서 볼 때도 있었다.

그럴 때도 후미코를 휩싸고 있는 공기는 무겁고 두꺼워서 속에 뜨거운 것이 들어 있는지 차가운 것이 들어 있는지 도무지 알 수가 없었다.

후미코와 자주 마주치지 않고 지낼 수도 있었지만, 그렇다고 전혀 마주치지 않는 것은 불가능했다.

왜냐하면 후미코는 나를 감독하는 사람이었기 때문이다.

낳아준 엄마도, 길러준 엄마도 아닌 표면상 나의 엄마는 후미코였다.

6 ———————

내가 추월장에 언제 왔는지는 잘 기억나지 않는다.

누군가에게 이끌려 차를 탄 기억은 있지만, 그때가 몇 살이었는지, 함께 있던 사람이 누구였는지 모른다.

유아기 때 기억은 알사탕의 파편과 같아서, 코끝을 스치는 달콤한 향기에 이끌려 막상 맛을 보려 하면 순식간에 녹아 없어져 막막한 잿빛 바다 말고는 보이지 않게 된다.

나는 문기둥 근처에서 뭔가를 올려다보고 있었다. 그 목의 각도와 시선. 몸속에는 그런 감각만이 남아 있고, 올려다본 것이 사람인지 건물인지는 전혀 기억나지 않는다. 어쨌든 탁한 빛깔의 커다란 것이 눈앞에 있었는데, 그 눈에 다 담을 수 없는 크기가 나를 불안하게 했다.

유일하게 기억하는 것은 요괴와 맞닥뜨린 일이다.

나중에 사야코에게 그 이야기를 했더니 무슨 뚱딴지 같은 소리를 하느냐는 표정을 짓기에 나도 내가 너무 바보 같은 소리를 했구나 싶어 창피해졌고, 이윽고 기억이 가물가물해져 그 후 그 일은 아무에게도 말하지 않았다.

추월장墜月荘이라는 한자 이름도 한참 후에야 알게 됐다.

그 글자는 카운터 옆의 서류나 유곽에 도착한 봉투의 수신인란에서 자주 봤지만 아이에게는 어려운 한자이기도 하고 그저 기호로밖에 보이지 않아 그동안 듣기만 했던 '추월장'이라는 울림과는 오랫동안 일치하지 않았다.

그 이름을 누가 지었는지도 모르고, 아마도 별다른 이유 없이 불렀던 속칭이 명칭으로 발전한 것 같지만, 이름을 잘 지었다고 생각한다.

지금도 '추월장'이라고 소리 내어 말하면 휘영청 밝은 달빛과 선잠이 든 짐승 같은 불온한 분위기가 되살아난다.

천계에서 떨어진 달.

그것은 부덕의 과실인가, 죄악의 허물인가 아닌가.

추월장의 전모를 어렴풋이나마 파악하기에는 아직 어렸던 내게 추월장은 맛없을 것 같은 과자의 집이었다.

그렇게 생각한 것은 틀림없지만 실은 추월장에 처음

도착했을 때의 생각인지 아니면 나중에 한 생각인지는 확실하지 않다. '맛없을 것 같은 과자'라는 생각은 내가 추월장에서 자주 본 설탕을 입힌 눅눅한 센베이나 유난히 단 팥소가 들어간 딱딱하고 퍽퍽한 날밑 모양 과자 긴쓰바나 월병 같은 과자의 인상에서 왔을 가능성도 있기 때문이다.

7 ——————————

옛 기억을 더듬으면 작은 흠집이 많이 난 검은 목재 기둥에 어렴풋이 초점이 맞춰진다.

수많은 사람의 손길이 닿았을 그 기둥은 1년 내내 어두컴컴한 북쪽의 다다미 여덟 장짜리 방의 장식 공간인 도코노마 옆에 세워져 있었다.

음침한 분위기의 족자가 걸린 도코노마. 그곳에는 가끔 형식적으로나마 꽃이 장식되어 있었다. 음침한 꽃병에 음침하게 꽂힌 음침한 꽃이.

방 안쪽에는 축축한 이불이 덮인 커다란 고타쓰가 있었다.

고타쓰 위의 큰 청자 접시에 늘 놓여 있던 딱딱한 과자. 얼음사탕과 버터 사탕도 있었지만 그 방은 습기가 가득해서 과자는 금세 눅눅해졌다. 그 축축한 느낌이 싫어서 나는 고타쓰 근처에는 가지 않았다.

고타쓰 앞에는 항상 시노부 씨라는 노파가 꾸벅꾸벅 졸고 있었다. 먹색이 들어간 동그란 안경을 낀 시노부 씨는 머리에는 붉은 스카프를 쓰고 목에는 거즈 같은 조청색 머플러를 두르고 있었다. 심지어 여름철에조차 고타쓰에서 떨어져 있는 모습을 본 적이 없을 만큼 붙박이처럼 앉아 있었다.

시노부 씨는 고타쓰와 짝을 이루는 장식물이나 정물화 같았다. 주름살 하나하나를 끌로 깎아낸 듯이 얼굴에 깊은 무늬가 새겨져 있고 코는 매부리코에 무서우리만치 창백한 피부를 하고 있었다. 아니, 창백한 수준을 넘어서 오래된 납세공처럼 반투명한 잿빛으로 굳어가고 있었다. 눈이 나쁜지 가끔 고타쓰 위를 손으로 더듬어 귤이나 과자를 집은 뒤 꼼지락꼼지락 껍질을 까거나 부스러뜨렸다. 쪼그라든 몸에 비해 손이 비정상적으로 크고 손가락이 길었다. 몸 전체의 축척에서 벗어난 그것은 노파의 몸에 접붙인 징그러운 생물 같았다. 나는 시노부 씨를 볼 때마다 눈사람에 막대기를 꽂아 장갑을 씌운 모습을 떠올렸다.

시노부 씨는 늘 무릎에 큼직한 비즈 뜨개 똑딱이 지갑을 올려놓고 마치 고양이처럼 쓰다듬었다. 그 탓인지 여기저기 실밥이 타져서 방바닥 위에 작고 동그랗고 반짝반짝한 비즈가 굴러다니곤 했다.

내가 그 비즈를 주우면 귀신같이 알아차리고 짐승처럼 낮게 으르렁 소리를 냈다. 떨어진 비즈조차 그러한데 하물며 누가 몸을 만지기라도 하면 미친 사람이 따로 없었다. 가끔 누군가 와서 자리를 옮겨달라고 어깨를 두드리기만 해도 난리가 났다. 히사 씨는 이골이 나서 한 달에 한 번은 요령껏 고타쓰 주변을 청소했지만, 그 잠깐 사이에도 쨍쨍한 쇳소리로 악을 써대는 통에 나는 잽싸게 밖으로 달아나곤 했다.

처음에는 의사소통이 어려운 시노부 씨가 무서웠다. 추월장에 온 지 얼마 안 되었을 무렵 다다미 여덟 장짜리 방은 내 안식처이기도 했다. 아이에게 노인은 희귀한 생물이나 마찬가지다. 그런데 그 첫 만남이 반투명한 장식물 같은 노인이라니, 어린 마음에 어쩔 줄을 몰라 했던 것 같다. 하지만 곧 익숙해져 시노부 씨와 고타쓰가 있는 그 네모난 세상에서 나 혼자 노는 것이 일상이 됐다.

8

숫기가 없어 누군가에게 말을 붙이는 데도 용기를 짜내야 했던 나는 주위 사람들에게 이것저것 물어보는 성격도 아니었고 추월장은 물어볼 만한 분위기도 아니었다.

내가 있는 곳이 매우 기묘한 장소라는 것은 눈치채고 있었지만 그곳에서 살아가려면 쓸데없는 질문은 하지 않는 것이 낫다는 약한 자 특유의 본능도 작용했다.

추월장의 기묘함은 여전히 잘 설명할 수가 없다.

물론 대충 도덕적인 장소가 아니라는 것은 처음 도착했을 때부터 본능적으로 알아차렸다고 생각한다.

두메산골에 외따로 서 있다는 지리적인 요인뿐만 아니라 그 존재 자체가 지닌 지울 수 없는 그림자. 그 그림자는 낮에는 물론 허식의 등불에 감싸인 밤에도 유곽 곳곳을 넓게 드리웠다. 오히려 밤의 화려한 불빛은 마침내 마주한 그림자를 짙게 만들고 바다에 켜진 집 어둥처럼 그림자를 어둡게 칠할 뿐이었다.

하지만 그뿐만이 아니었다.

추월장의 기묘함은 전체적으로 붕 떠 있다는 점이었다. 추월장의 모든 것과 그곳에 사는 모든 사람들은 항상 뭔가에 정신이 팔려 있어 뭘 해도 뒤죽박죽이고 제각각이었다.

알면서 모르는 척하는 태도, 어딘가 현실감 없이 세속과 동떨어진 느낌, 여자들의 메마른 표정, 유독 반짝반짝 빛나는 유리 세공. 바닥에 구르며 자지러지게 웃는 사람들, 흥겨운 음악과 흐느끼는 듯한 노랫소리, 맥주병이나 술 주전자 바닥에 남은 술은 김이 다 빠졌는데도 코를 찌르는 알코올 냄새.

유곽은 어디든 다 마찬가지라고 할지도 모른다. 밤에는 무도회가 열리는 성, 아침에는 마법이 풀린 호박.

하지만 추월장의 경우, 모든 분칠이 벗겨져 민낯이 드러나는 대낮에도 그 알면서 모르는 척하는 태도는 없어지지 않았다. 냉정한 경제 논리나 공공연한 일상이 지배하는 시간에도 추월장은 뭔가에 정신이 팔려 있었다.

그리고 무엇보다 기묘한 것은 그 정신이 팔려 있는 뭔가가 경제 논리나 공공연한 일상보다 훨씬 무서운 것이라는 느낌이 드는 일이었다.

추월장에는 끊이지 않는 긴장감이 있었다. 모두가

붕 떠 있는 것처럼 보였던 것은 어쩌면 겁에 질렸기 때문일지도 모른다. 뭔가를 몹시 두려워하는 사람은 종종 주의력 산만으로 보이기도 한다. 그들의 태도는 그렇게 보이기도 했다. 마치 뒷산에 부상을 입은 사나운 짐승이 있는데 그 존재를 한시도 잊지 못하는 것처럼. 당장에라도 그 짐승이 자신들을 잡아먹으러 뒷문을 부수고 쳐들어오는 것이 아닌가 하고 숨죽여 두려워하는 것처럼.

모든 일을 순서대로 기억해내기는 어렵다.

사람들은 말한다. 다시 한번 처음부터, 라든가 시간순으로 정리해서, 하고 나를 재촉한다.

그러면 나는 대답 대신 공허한 미소를 짓는다.

나중인지 먼저인지를 정말 알 수 있는 걸까. 애초에 순서라는 것이 정말 순서대로이기는 한 걸까.

매일 새로이 칠해지고 앞뒤가 뒤바뀌는 내 안의 사소한 기억. 멍하니 입을 벌리고 있으면 좋든 싫든 새로운 사건이 알아서 날아든다. 기억이라는 이름의 지극히 자의적인 에피소드. 잊고 싶은 것은 먼 기슭으로 밀어 보내고, 기억하고 싶은 것은 아득바득 배의 밧줄을 붙잡아 말뚝에 매어놓으려 애쓴다. 그러나 멀리 흘려보낸 줄 알았던 기억이 어느 날 조류가 바뀌거나 수십 년 만에 한 번 오는 엄청난 폭풍이 지나간 뒤 모습을 바꾸어 바닷가에 밀려오거나, 밧줄을 단단히 쥐고 있던 손은 어느덧 벌어져 배가 온데간데없이 사라져버리기도 한다.

새로운 사건이나 중요한 일은 과거나 기억을 각색한다. 사람들의 과거는 고쳐 쓴 무수한 기억으로 이루어져 있어 나를 포함해 모든 사람들에게 일어난 일을 시간순으로 나열하는 것은 무의미하다.

그래서 나는 그 기묘한 나날에 관해 우왕좌왕 헤매며 기억의 조각을 주워 모으는 것밖에 할 수 없고, 그것이 올바른 나열인지 또 어떤 일의 조각인지를 확실히 말할 수는 없다.

추월장에서 흘린 엄청난 양의 피도 결코 예외는 아니었다.

9 ───────────────────

사야코는 어느 날 갑자기 내 세상에
나타났다.

추월장에 와서 한동안은 다다미 여덟 장짜리 방의 기
둥과 고타쓰와 시노부 씨가 내 세상의 전부였다는 것
은 아까도 이야기했지만, 추월장에서의 기묘한 일은 더
있었다. 그중 하나는 어린아이인 내가 계속 방치되었던
일이다.

물론 히사 씨가 나를 돌보아주긴 했다. 세끼 밥을 꼬
박 챙겨줬고 잠자리도 마련해줬다. 이불은 잘 말라 보
송했고 목욕도 시켜줬다.

하지만 기본적으로 나는 언제나 혼자였다. 방구석에
서 납작 구슬로 구슬치기를 하거나 유리구슬을 굴리거
나 크레파스로 그림을 그리며 놀았다. 어쩔 때는 그냥
가만히 있기도 했다. 한곳에 가만히 있어도 힘들지 않

았고 아무와도 말을 하지 않아도 아무렇지도 않았다. 영원히 그런 날이 계속될 줄 알았던 어느 날 장지문을 드르륵 열고 사야코가 들어왔다.

그 방의 그 장지문을 드르륵 열 수 있는 이는 사야코뿐이었다.

다른 사람이 열려고 하면 문이 **빡빡**하고 무거워서 도중에 걸리는데 어쩐 일인지 사야코는 한 번에 시원하게 열었다.

어머, 이런 데 있었구나.

사야코는 나를 보자마자 그렇게 말했다. 애초에 나를 똑바로 보고 나라고 인정하고 내게 제대로 말을 건 사람도 사야코가 처음이었던 것 같다.

어떻게 된 일이야? 어쩌려고?

사야코는 그렇게 말하고 복도에 있는 누군가를 돌아보더니 그 사람과 소곤소곤 이야기하기 시작했다.

생각해보면 그 사람이 후미코였던 것 같다. 후미코는 그 전까지도 여러 번 마주쳤지만 후미코가 먼저 내게 다가오거나 말을 건 적은 한 번도 없었다.

소곤대는 소리가 좀처럼 끝나지 않아 나는 조금씩 불안해졌다. 대화 내용이 나에 관한 것이며 목소리의 상태로 보아 그리 화목한 대화는 아닌 것 같았기 때문이다.

서럽!('셧업')

시노부 씨가 돌연 굵은 목소리로 소리치기에 나와

사야코는 깜짝 놀라 돌아봤다.

그리고 사야코는 웃는 얼굴로, 안녕하세요, 시노부 씨, 오랜만이에요, 하고 더 안으로 들어왔다.

사야코가 시노부 씨의 몸에 손을 댈까 봐 나는 반사적으로 몸을 움츠렸다. 여느 때처럼 난리가 나는 일은 사양이었다.

그런데 사야코는 잘 알고 있는지 시노부 씨 바로 옆에 웅크려 앉으면서도 몸에는 결코 손을 대지 않았다. 놀랍게도 시노부 씨는 사야코에게 뭔가 소곤소곤 이야기를 하기 시작했다.

내용은 전혀 들리지 않았지만, 사야코는 네, 네, 그러네요, 하고 연신 고개를 끄덕였다. 대화가 성립되는 것 자체가 경이적이라 나는 두 사람의 모습을 가만히 지켜봤다.

사야코는 내 얼굴을 딱 보고, 가자, 하고 말했다.

나는 그것이 나더러 하는 말인지 잠시 생각에 잠겼다.

사야코는 내가 망설이고 있는 줄 알았는지 내 손을 잡고 일으켰다.

어디에?

그것이 내가 사야코에게 처음 한 말이었다.

공부하러.

사야코는 짧게 대답했다.

공부, 라는 말이 무슨 뜻인지는 몰랐지만 나는 그때 사야코의 재미있어하는 듯한 희망이 깃든 목소리에 호감을 느꼈다.

너는 어린이잖니, 어린이는 공부를 많이 해야 한단다.

사야코는 노래하듯 덧붙여 말한 뒤 내 손을 끌었다.

알겠지? 자······ㅂ······.

사야코가 말을 더듬었다. 그러나 이내 방바닥을 흘끗 보고 나서 결심한 듯이 고개를 끄덕였다.

알겠지? 비짱.

마지막 말이 나를 가리키는 것임을 알고 나는 사야코의 얼굴을 본 뒤 그 시선 끝에 있는 것을 봤다.

모두가 나를 자연스레 '비짱'이라고 부르게 된 지 한참이 지나서 나는 사야코에게 물었다.

그때 사야코는 비다마(유리구슬)를 보고 나를 비짱이라고 부르기로 정한 거야?

맞아, 하고 사야코는 시큰둥하게 대답했다.

어째서? 나는 집요하게 물었다.

그야, 네가 유리구슬 같았으니까.

사야코는 느릿느릿 대답했다.

어디가? 나는 계속 물었다.

어디 보자. 사야코는 그제야 생각하는 표정을 지었다.

투명하고 예쁘고 이리저리 굴러다니는 거. 다른 유리구슬에 부딪히면 튕겨 나가고 스스로는 멈출 수가 없어. 게다가 부딪히면 아프거든.

나는 사야코가 무슨 소리를 하고 있는지 전혀 알 수가 없었다.

10

사야코의 방에서 '공부'를 하게 되면서 드디어 내 안에서 추월장이라는 세계가 형태를 잡기 시작했다.

장식이라고는 없는, 여자 선생님의 하숙방 같은 사야코의 방에 나는 매일 오후가 되면 '등교'를 했다.

사야코가 가르치는 방식은 과목의 구별이 없어 파격적인 것처럼 느껴졌지만 내게는 잘 맞았다. 그 증거로 읽기와 쓰기 능력이 눈부시게 향상되어 반년쯤 지나자 내용을 이해하느냐 마느냐는 둘째 치고 일반서도 술술 읽게 됐다. 한시를 읽는 법도 배웠고, 백 명의 가인이 일본 고유의 정형시인 와카를 한 수씩 뽑아 모은 백인일수도 한때 열심히 공부했다. 그리스신화와 성서 이야기도 들었다.

사야코에게는 내가 이해할 때까지 반복해서 가르치

는 끈기가 있는 한편 무척 변덕스러운 구석도 있었다. 오늘따라 내키지가 않네, 하고 중얼거리고 창가에 멍하니 있는 날도 있었다. 나는 배운 대로 성과를 올리는 좋은 학생이었기 때문에 기본적인 것은 거의 가르쳤다는 생각에 나에 대한 흥미도 잃었는지 '내키지 않는' 날이 조금씩 많아졌다.

'내키지 않을' 때 사야코가 보이는 심연 같은 것이 나를 겁먹게 했다. 사야코는 그럴 때면 몇 시간이고 꼼짝 않고 앉아 있었다. 내 존재를 완전히 잊어버린 것이다. 평소에는 차분하고 싹싹하기만 하던 사람이 실이 끊어진 꼭두각시 인형 같은 상태가 되면 이제껏 본 적 없는 다른 사야코가 모습을 드러냈다.

실이 끊어진 쪽의 사야코는 살벌하고 칠칠치 못하고 어딘지 피폐하고 음란하기까지 했다. 그런 사야코의 모습에 마음이 싱숭생숭하기도 했지만 역시 불안함이 더 컸다. 나는 자습을 하거나 책을 읽으면서 사야코가 "오늘은 끝"이라고 말하기를 기다렸다. 그 말이 나오지 않는 한 나는 사야코의 방에서 나오지 않았다. 두 번 다시 사야코가 돌아오지 않으면 어쩌나 하고 불안해지는 날도 있었지만 사야코는 다행히 아슬아슬한 지점에서 멈추어 언제나 돌아왔다. 내 존재를 몇 시간 동안 잊어버려놓고 언제 그랬냐는 듯 나를 무심코 쳐다보며 "오늘은 끝" 하고 중얼거렸다.

안녕히 계세요, 하고 인사한 뒤 사야코의 방을 나올

때면 나는 아쉽기도 하고, 한시라도 빨리 그 자리를 벗어나고 싶기도 한 두 갈래 감정이 동시에 들었다.

11 ——————————————

사야코의 방을 나오면 '방과 후'다.

학교에 간 적이 거의 없고 가고 싶다고 생각하지도 않았지만, '방과 후'라는 말의 울림이 마음에 들어서 "방과 후, 방과 후" 하고 중얼거리며 유곽 안을 탐험하는 것이 일상이었다.

요리부라고 불리던 레스토랑이 문을 여는 오후 5시까지가 탐험 시간이었다. 손님과 마주치는 것은 엄격히 금지되어 있어 5시에는 방으로 돌아가야 했다.

나도 밖에서 온 손님과 마주치기는 싫었기에 인기척이 없는 안뜰이나 뒤뜰에서 '방과 후' 시간을 보냈다.

통일감이라고는 없이 엉망이 되기 직전까지만 손질되어 있는 정원은 그로테스크한 그림책을 떠올리게 했다. 추월장과 그곳에 사는 사람들과 마찬가지로 정원사도 뭔가에 정신이 팔려 있다고밖에 생각할 수 없을 만큼 정원은 갈수록 뒤죽박죽이 됐다.

기이하게 생긴 자연석이나 아무리 봐도 비명을 지르고 있는 것이 분명한 표정의 조각상도 있고, 야트막한 무덤이 있는가 하면 방치된 듯한 오백나한상도 있었다. 몇 번을 거닐어도 볼 때마다 인상이 바뀌어 하나로 통일되지가 않았다.

쓸데없이 높다란 그네도 있었다.

신사 입구의 문인 도리이처럼 생긴 가는 기둥 두 개가 하늘로 뻗어 있고, 그 꼭대기에 가로놓인 널빤지에서 두 가닥의 그넷줄이 내려와 널빤지로 된 밑싣개의 양옆 구멍을 통해 묶여 있었다. 이상하게도 앉는 곳인 밑싣개가 심하게 기울어져 있어 앉으려 해도 한쪽으로 미끄러져 떨어졌다.

어른들은 단두대나 교수대 같다고 하면서 싫어했다. 아닌 게 아니라 밑싣개가 기울어진 그네는 비스듬한 칼날이 달린 단두대와 똑같이 생겼다. 언제부터 있었는지는 아무도 모르고 타는 사람도 없었다.

괴상하게 꾸며져 있긴 해도 아이에게는 최고의 유원지나 다름없는 정원.

무질서하게 심어진 나무와 꽃 덕분에 나는 식물에 관한 지식이 풍부해졌고 연못에 놓인 좁은 다리 덕분에 평형감각을 익혔다.

그리고 정원은 내게 비밀 장소를 제공해줬다.

아이들은 좁은 공간에 들어가는 것을 좋아한다. 나

도 예외는 아니었다.

나는 늘 혼자였지만 동시에 주위에는 항상 어른의
눈이 있었기에 정말로 혼자가 될 수 있는 기회는 좀처
럼 없었다. 그래서인지 안뜰에 몇 군데 있는 은신처에
들어가 숨으면 안심이 됐다.

그중 한 군데는 안뜰의 깊숙한 곳 가장자리에 있는
껑충하게 웃자란 종려나무 사이였다. 나무줄기가 수세
미처럼 뻣뻣한 아름드리 종려나무 다섯 그루가 원형으
로 심어져 있는데, 그 한가운데에 작은 공간이 있었다.
뒤쪽으로 가서 약간 삐딱하게 심어진 두 그루의 틈을
비집고 들어가 바깥쪽으로 기울어진 종려나무에 등을
기대고 앉아 다리를 올리면 몸이 안정감 있게 쏙 담겼
다. 여기서 무릎 위에 책을 올려놓고 책장을 넘기며 멍
하니 몽상에 젖는 것이 좋았다.

다른 한 군데는 안뜰의 또 다른 가장자리에 있는 오
래된 우물이었다.

우물이라 해도 이미 오래전에 없앴는지 아니면 없어
졌는지 거의 토사로 메워져 있어 내가 들어가서 앉으
면 밖에서 머리가 간신히 보이지 않을 정도의 공간밖
에 남아 있지 않았다. 하지만 원형의 돌벽이 어찌나 매
끈매끈한지 등을 딱 붙이면 편안하고 우물 안 돌이 한
낮의 햇볕을 머금고 있어 앉으면 따뜻하고 포근했다.
나는 여기서 책을 읽거나 사야코가 내준 숙제를 하거
나 고양이처럼 꾸벅꾸벅 졸았다.

그리고 또 한 군데가 사야코와 가끔 올라가는 월관대였다. 여기도 빨랫감만 참으면 혼자가 될 수 있는 곳인 데다 저 멀리 빛나는 작은 바다가 보여 은밀한 해방감에 젖을 수 있는 곳이었다.

　하지만 나는 웬만해서는 월관대에 가지 않았다. 사야코와 함께일 때는 갔지만 혼자서는 절대로 발걸음하지 않았다.

　왜냐하면 한 번은 혼자 갔다가 또다시 엄청나게 무시무시한 요괴를 봤기 때문이다.

12

　　추월장에 도착해서 처음 본 요괴는
이미 기억도 가물가물하고 여전히 정체를 알아내지 못
했지만, 월관대에서 본 요괴는 이윽고 정체가 밝혀졌다.

　그것을 설명하기 전에 추월장에서 '교류부'라 불리는
공간에 관해 설명해야 한다.

　추월장은 산간 지역의 좁은 평지에 길쭉한 건물이
증개축을 반복하는 형태로 뻗어 있다.

　출입문이 한 군데뿐이라 추월장을 찾아온 손님은 누
구나 이 문을 지나간다. 현관과 카운터를 지나면 좌우
로 나뉜 복도가 나오는데, 앞서 말했듯이 왼쪽은 서양풍
레스토랑이며 요리부에 해당되고, 오른쪽으로 가면 라
운지가 나온다. 손님은 이곳에서 신발지기에게 신발을
맡긴 뒤 여러 개의 칸막이로 구분된 다다미 깔린 응접
실로 안내된다. 응접실에서 방석에 앉아 차를 대접받

을 때 어떤 협상이 이루어진다. 협상이 끝나면 안쪽 복도에서 실내화를 신고, 팔각형 창문이 있는 방이 죽 늘어선 이국적인 공간으로 안내된다.

'교류'의 형태는 다양하다. 오직 방만 빌릴 때도 있고, 그곳에 사는 머리가 긴 친구를 만나러 갈 때도 있다. 당시 '교류'를 기다리는 여성이 대체 몇 명이나 있었는지 끝내 나는 알지 못했다. 실제로 그곳에 '살고' 있는 여성은 그리 많지 않고, 출퇴근을 하거나 손님과 함께 오는 여성이 더 많았던 것 같다.

월관대에서는 팔각형 창문이 있는 '교류부'를 건너다볼 수가 있었다.

창문이 크기 때문에 '교류부'의 방들이 서로 마주 보지 않도록 설계되었지만, 월관대의 특정 위치에서는 어느 방의 창문이든 다 보였다.

구름이 잔뜩 꼈는데도 날씨가 무더운 한낮에 혼자 그곳에 갔다가 그 사실을 알아차렸다.

월관대에 올라가도 바람 한 점 불지 않았다. 널어놓은 빨래도 축 늘어진 채 마를 기미가 보이지 않았다. 날씨가 맑으면 빛의 반사로 알 수 있는 먼 바다의 조각도 오늘은 아무리 집중해서 봐도 전혀 알아볼 수가 없었다.

날씨가 이상할 때 와버렸네, 하고 나는 실망하며 사방을 둘러봤다.

그러다 멀리 있는 광경이 눈에 들어왔다.

죽 늘어선 팔각형 창문 속에 사람이 보이는 모습은 마치 인형의 집을 부감하듯 들여다보는 것 같아서 조금 신기했다.

낮이라 사람이 거의 없었고 있다 해도 쉬고 있는 중이었기 때문에 활발히 움직이는 사람은 없었다.

하지만 그 광경을 물끄러미 바라보는 동안 나는 내가 이상한 것을 보고 있다는 사실을 깨달았다.

처음에는 잘 알아차리지 못했다.

붉은 기모노를 입은 여자가 있다는 것은 인식하고 있었지만, 그 여자가 이상한 상태로 있다는 것을 깨닫기까지는 한참이 걸렸다.

이상하네, 하고 생각한 것은 창가에 매달린 새장 때문이었다.

'교류부'에 있는 각 방은 천장이 상당히 높고 창문도 높이 나 있다. 새장은 처마 끝에 매달려 있기 때문에 이 역시 높다란 위치에 있다.

새장은 텅 비어 있었다. 장식적인 디자인의 철제 새장은 무거워 보였다. 물론 바람 한 점 없는 날씨라 꿈쩍도 하지 않았다.

그리고 그 옆에 여자가 있었다.

여자는 새장을 향해 말을 걸고 있는 것처럼 보였다. 새장 속의 보이지 않는 뭔가를 향해 미소를 머금고 교태를 부리며 황홀한 눈으로 말을 걸고 있다.

문제는 여자가 있는 위치였다.

여자는 새장을 대각선 위에서 내려다보며 새장 꼭대기에 손을 얹고 있었다.

문득 이상하다는 생각이 들었다.

그냥 평범하게 서 있어서는 새장을 저런 식으로 들여다볼 수 있을 리가 없다.

그렇게 생각하고 다시 방 안을 살펴보니 여자의 머리가 창문 위틀 근처까지 올라와 있어 천장에 닿기 직전이었다.

저렇게 키가 큰 여자가 있을까.

눈에 보이는 것이 사실이라는 것을 알면서도 나는 믿기지가 않았다. 접사다리 같은 것에 올라가 있을지도 모른다.

그렇게 생각한 순간 여자가 밖으로 스르르 나왔다.

2층 창밖으로 말이다.

말 그대로 옆으로 쓱 평행이동을 한 것이다.

공중에 떠 있어.

그렇게 입속말로 중얼거려도 나는 아직 꿈이라도 꾸는 기분으로 내가 이형의 것을 보고 있음을 인지하지 못했다.

그런데 여자는 분명히 창밖에 있었다. 새장을 향해 웃어 보이며 무더운 한낮의 공중에 떠 있었다.

기모노 옷자락과 풀리기 시작한 띠가 축 늘어져 발은 보이지 않았다.

나는 혼란스러웠다. 이게 도대체 뭘까. 어떻게 설명

하면 좋을까.

몸을 꼼짝할 수도, 눈을 뗄 수도 없었다.

여자는 여전히 새장을 향해 재잘재잘 쉴 새 없이 말하고 있다.

그때 얼핏 방 안에 한 사람이 더 있는 것이 보였다.

남자였다.

그 사람은 방 안에 무릎을 꿇고 앉아 있었다.

고급스러운 맞춤 양복을 입고 등을 꼿꼿이 세우고 있다. 멀리서 봐도 곱게 매만진 머리와 단정한 자세에서 인품이 점잖은 신사라는 것을 알 수 있었다.

하지만 그 사람은 시선을 방바닥에 고정한 채 결코 위를 보려 하지 않았다. 눈을 들면 공중에 떠 있는 여자가 시야에 들어올 텐데 고집스럽게 방바닥만 보고 있다.

표정은 보이지 않았지만 좌절한 것 같기도, 화난 것 같기도 했다. 그 사람 주위만 공기가 무겁게 가라앉아 있고 망사 천이 둘러쳐진 듯이 흐릿하고 어둡게 보였다.

그 남자를 아주 잠깐 관찰했을 뿐인데 다시 여자에게 시선을 되돌리자 여자는 이쪽을 보고 있었다.

심장을 움켜잡히는 기분이었다.

멀리 떨어져 있는데도 눈이 마주쳤다.

보고 있다. 나를.

틀림없이 나를.

여자가 눈을 부릅뜨는 것을 알 수 있었다.

돌연 여자의 얼굴이 폭발이라도 한 듯이 열 배쯤 커졌다.

나는 잘 터져 나오지도 않는 비명을 질렀다.

축 늘어져 공중에 떠 있는 몸은 아까와 같은 크기인데 얼굴만 거대해진 채 나를 노려보고 있었다.

엉겁결에 뒷걸음질을 쳤지만 다리에 힘이 들어가지 않아 제대로 설 수조차 없었다.

여자는 눈을 더 크게 부릅뜨고 나를 똑바로 쳐다보고 있다. 입을 귀밑까지 찢을 듯한 무시무시한 분노가 얼굴 가득 번지고, 붉게 번들거리는 입술에서 검붉은 색의 길쭉한 혀가 날름 튀어나왔다.

여기로 올 거야.

당장에라도 휙 소리와 함께 여자의 얼굴이 월관대를 향해 날아들 듯한 착각에 사로잡혔다.

여기로 오겠어.

온몸에 소름이 돋을 듯한 공포에 휩싸인 나는 그제야 그곳에서 도망칠 수 있었다. 월관대에서 어떻게 내려왔는지 또 방에는 어떻게 도착했는지 기억나지 않는다.

봤어, 보고야 말았어, 어쩌자고 봐버린 걸까.

후회해도 어쩔 수 없는데도 나는 끊임없이 후회했다. 월관대에 간 것, 교류부를 본 것, 곧바로 눈을 딴 데로 돌리면 되는데 오랫동안 지켜본 것.

요괴를 봐버렸어, 그것도 아주 똑똑히.

나는 이불 속으로 뛰어들어 울었다. 그렇게 후회한

적은 이제껏 없었다.

하지만 진짜 공포는 그 후에 찾아왔다.

우연한 계기로 그 새장이 매달린 방의 주인을 알게 된 것이다.

장기 요양 중인 가즈에라는 여자. 공허하고 부러질 듯이 가녀린 여자.

자기만의 세계에 틀어박힌 여자, 하루 종일 꼼짝 않고 앉아서 빨간 색연필을 손에 쥐고 텅 빈 새장을 바라보는 여자, 이따금 공작새 울음소리를 흉내 내는 여자.

그 여자는 그때 본 요괴와 똑같은 얼굴을 하고 똑같은 기모노를 입고 있었다.

그리고 그 여자가 나를 낳아준 엄마라는 것을 알게 됐다.

13 ———————————

결국 나는 누구에게도 '어머니'라고 한 적이 없다. 마지막 순간까지 누구에게서도 이 사람이야말로 내 엄마라는 확신이 들지 않은 탓도 있고, 아무도 내가 그렇게 불러주기를 바랄 리가 없다고 생각했기 때문이기도 하다.

나에게 정말로 엄마가 있었을까.

문득 근본적인 의문이 생겼다.

엄마라는 사람은 정말로 그 세 사람이었을까. 만약 사실이라 해도 그중 한 사람이 나를 밴 것이 아니라 세 사람이 자신들의 일부를 되는대로 조금씩 떼어내서 적당히 섞어 반죽해 만들어낸 것이 내가 아닐까.

철든 아이라면 누구나 품는 환상이 내 경우에는 엄연히 눈앞에 모습을 드러내고 있었다. 그것도 하나가 아닌 세트로.

마치 어디선가 들은 옛날이야기 같다. 내가 엄마란다. 세 사람이 저마다 엄마라고 밝히고 나선다. 명판관이 말한다. 아이를 세 개로 쪼개서 셋이서 나눠 가져라.

그 이야기에서 한 여자는 판관님이 그렇게 말씀하신다면, 이라고 말하고, 또 다른 여자는 그런 짓을 할 바에는 아이를 저 여자에게 양보하겠습니다, 라고 말한다. 판관은 후자가 친모라고 판단한다.

그것이 명판결로 알려져 있다니 어처구니가 없다. 두 사람 다 아이를 원하기는 마찬가지이므로 피차 아이를 다치게 하고 싶지는 않을 테고, 애초에 재판까지 갈 만큼 서로 소유권을 주장하는 사건에서 '판관님이 그렇게 말씀하신다면' 아이를 죽여도 상관없다는 식의 미친 소리를 하는 여자가 있다고는 도저히 생각되지 않는다.

그렇게 부정하고는 있지만 나는 이런 장면을 기어이 상상하고야 만다.

자신이 엄마라고 밝히고 나선 사야코와 가즈에와 후미코는 세 개로 쪼개서 셋이서 나눠 가지라는 판결을 들으면 대번에 수긍해버릴 듯한 기분이 든다.

판관님이 그렇게 말씀하신다면. 그거 좋은 생각이네요. 판결에 따르겠습니다.

세 사람이 차례대로 고개를 끄덕이는 모습이 눈에 보이는 것 같았다.

잠깐만, 얘기가 다르잖아요.

나는 몸을 붙들린 채 황급히 소리친다.

이러면 안 되는 거잖아요, 여기는 서로서로 양보하는 장면이잖아요, 나를 사랑한다면 내 몸이 세 개로 찢어지는 걸 절대 용납할 리가 없다고요.

내가 그렇게 호소해도 세 사람은 무슨 상관이냐는 표정으로 나를 바라보고 있다.

나는 비명을 지른다. 도끼를 번쩍 치켜들었다가 내리치는 소리.

세 사람은 자신들의 눈앞에서 갈가리 찢기는 나를 빤히 쳐다보고 있다.

눈앞은 시뻘겋게 물들고 나는 세 사람의 무표정한 눈을 망막에 새긴 채 숨이 끊어진다…….

그 상상이 너무 생생해서 세 여자가 조각조각 난 내 몸을 저마다 기름종이에 싸서 태연히 가지고 돌아가는 장면까지 머릿속에 그리고 말았다.

그만큼 세 여자와 나 사이에는 거리가 있었다. 가장 친밀감을 느낀 사람은 사야코였지만, 그런데도 역시 도저히 넘을 수 없는 부분이 있었다.

가즈에는 인형으로밖에 느껴지지 않았고, 후미코를 보면 '절차상'이라는 말이 떠오를 뿐이었다.

절차상.

후미코가 왜 내 표면상의 엄마가 되었을까 생각해봤다. 아마 경제력이 있었기 때문에 그렇게 하는 것이 대외적으로 가장 편리했기 때문이리라.

실제로 추월장을 가장 추월장답게 잘 구현해낸 사

람이 후미코였고 현실적인 조언이나 힌트를 준 사람도 후미코였다.

손님에게 얼굴을 보이지 않을 것, 누가 물어도 나에 관한 이야기는 하지 않을 것, 추월장 밖에는 나가지 않을 것. 전부 후미코가 단단히 주의를 준 것이었다. 신기한 것은 내 앞에서 확실하게 말한 적도 없는데 그 주의 사항들은 후미코가 지시한 것이며 여기서 살아가는 한 반드시 지켜야 한다는 생각이 들었다는 점이다.

딱 하나 내 얼굴을 보며 한 말이 마음에 남아 있다.

언젠가 보수공사인지 뭔지가 시작되어 방에서 나와 갈 곳이 없던 나는 카운터 구석에서 숙제를 한 적이 있다.

내가 산수 문제를 푸느라 끙끙대고 있자 후미코가 중얼거렸다.

왜, 라는 의문을 가져서는 안 된다.

내게 하는 말이라는 것을 알아채기까지 조금 시간이 걸렸다. 당연히 후미코가 손님이나 종업원과 서서 이야기를 하는 줄 알았다.

그런데 계속해서 말하는 것이었다.

왜, 는 가끔 너무 무겁거든. 내가 하려는 일이 얼마나 무거운지 확인하려 들어서는 안 된다. 어쨌든 일단 짊어진 짐은 옮겨야 하지. 다 옮기고 나서 냅다 던진 뒤에야 비로소 이렇게 큰 짐이었구나, 하고 놀라면 된다.

후미코는 아무도 없는 허공에 대고 말하는 것처럼 보였지만 그 말은 내게 하는 것이었다.

무슨 얘기를 하는 거예요?

나는 조심조심 물어봤다.

글쎄다, 무슨 얘기일까.

후미코는 여전히 허공을 향한 채 중얼거렸다.

적어도 산수 문제에 관한 얘기가 아닌 건 확실하지.

그런데 이 도르래 문제, 되게 어려워요.

나는 숙제 내용과 혼동해서 그렇게 말했다.

후미코가 작게 "쿡" 웃는 바람에 어깨가 살짝 떨린 것을 알 수 있었다.

내가 후미코를 웃긴 것은 이것이 처음이자 마지막이 었다고 생각한다.

14 ───────────────

추월장에는 온갖 다양한 손님이 드
나들었다.

말 그대로 다양한 손님이다. 와줬으면 하는 손님, 오
지 않았으면 하는 손님, 지갑을 잘 여는 손님, 성가신
손님. 쾌활한 손님, 음침한 손님, 별난 손님, 진상 손님.

가끔 말썽이 생기기도 했다. 깨진 종처럼 악을 쓰는
소리, 마구 뒤섞이는 비명 소리, 복도를 급히 뛰어가는
소리.

멀리 떨어진 방에 있어도 뭔가 '성가신' 일이 일어났
다는 것은 알 수 있었지만 실제로 누가 어떻게 수습하
고 있는지는 알지 못했다.

호위꾼이라는 말을 언제 처음 들었던가. 중화요리나
러시아의 구운 과자의 이름 같다고 생각해서 인상에
남아 있었을지도 모른다.

추월장의 호위꾼은 두 명이었다. 두 사람 다 평소에는 건물 뒤에서 술과 짐을 옮기거나 담을 수리하거나 목욕물을 데우기 위해 불을 지피는 일을 했다.

한 사람은 아직 젊은 청년으로 몸집이 매우 큰데도 동작이 민첩하고 어딘지 천진난만함이 남아 있었다. 이름은 다네히코 씨라고 했다.

짧게 깎은 머리 사이로 과거에 머리를 심하게 다쳤다는 것을 알 수 있는 별 모양의 큼직한 흉터가 보였다.

하루는 어쩌다 그랬어요? 아플 것 같아요, 하고 물었더니 전혀 기억이 안 납니다, 하고 창피하다는 듯 대답했다.

어디서 떨어진 것 같습니다, 그런데 눈을 뜨고 보니 옛날 일이 전혀 기억나지 않더군요.

책에서 기억상실에 관해 읽은 적이 있지만 현실에서 그런 일을 겪은 사람을 만나는 것은 처음이었다.

다네히코 씨는 혹시 스모 선수가 아니었을까? 체격만 봐도 그렇고 몸도 유연하잖아. 누군가한테 제대로 훈련받은 몸이야.

주위에서 아무리 그렇게 수군대도 다네히코 씨는 지금 일에 만족하는지 묵묵히 그날그날의 일을 처리했다.

또 한 사람은 다네히코 씨의 선배에 해당하는 마사 씨라는 남자로, 그 역시 과묵하고 조금도 눈에 띄지 않는 사람이었다.

마사 씨는 나이가 지긋하다고 해도 될 정도의 나이

였지만 보통 키에 보통 몸집인 그의 몸은 강인하게 단련되어 있었다. 조용해서 목소리를 들은 적도 없지만 잘 살펴보면 모두에게 의지가 되고 있다는 것을 알 수 있었다.

호위꾼이라는 말과 두 사람은 좀처럼 연결되지 않아 줄곧 별개의 말이었지만 이윽고 연결되는 기회가 찾아온다.

15 ─────────────────

내가 달을 보면 달도 나를 본다.

사야코가 빌려준 영국의 동요 책에 그런 노랫말이 있던 것이 기억난다.

추월장에서 보낸 나날에는 종종 그 노랫말을 생각나게 하는 달밤이 있었다.

밤중에 어떤 기척에 잠이 깼다가 너무 조용해서 오히려 다시 잠들 수 없었던 밤.

잠이 깬 이유를 찾아 이부자리에서 나와 무서울 정도로 고요한 복도에 멈춰 서면 창밖에서 그 기척의 주인을 발견하는 것이다.

하늘에서 하얗게 빛나는 달.

저 달은 몇 번째 달일까.

나는 색채를 잃고 창백하고 투명해 보이는 내 손가락을 찬찬히 바라본다.

추월장뿐만이 아닌 떨어진 달은 이제껏 셀 수 없이 많았으리라. 그럴 때마다 새로운 달이 태어나고 자라서 저 위까지 올라가는 것이다.

나는 물끄러미 달을 올려다봤다.

저것은 부덕의 과실인가, 죄악의 허물인가 아닌가.

그때 귀에 어떤 소리가 들렸다.

누군가가 노래를 부르고 있다.

너무 고요해서 환청이 들리나 했지만 역시 멀리서 목소리가 들려왔다.

남자의 목소리.

나는 홀연히 걸음을 떼기 시작했다.

변소도 갔다 왔고 따뜻한 이불 속으로 돌아가야 한다고 생각했지만 발은 홀린 듯이 목소리가 나는 쪽으로 이끌리고 있었다.

심야라고 해도 될 시간이다. 실내는 아무도 일어나 있는 사람이 없는지 쥐 죽은 듯 조용했다.

어디선가 후미코의 목소리가 들렸다. 아무래도 내 안에서 들려오는 것 같다.

손님에게 네 모습을 보여서는 안 된다.

그 말이 맞아, 얼굴을 보이면 안 돼. 나는 지당하다고 생각하며 내심 수긍하고 있었다.

그런데 걸음은 멈출 줄을 모른다.

그 목소리는 긴 복도 끝에서 들려왔다. 가까이 가보니 짝짝짝 손뼉을 치는 소리도 울렸다.

아무래도 대합실이 있는 다다미 깔린 응접실에서 들려오는 것 같았다.

나는 응접실로 다가갔다. 이제 조금만 있으면 방 안이 보일 터였다.

낭랑한 목소리와 그에 맞춰 손뼉을 치는 소리가 울리고 있었다.

뭐라고 말하는지 노랫말은 알아들을 수 없었지만 탁 트여 생기 있는 아름다운 목소리라는 것은 알 수 있었다.

방 안에는 그림자가 한들한들 움직이고 있었다.

전등은 꺼지고 촛불 여러 개가 켜져 있어 그림자가 움직임에 따라 불꽃도 일렁이는 것이었다.

거미가 춤추고 있다.

그렇게 생각한 것은 누군가가 거미줄 무늬 기모노를 둘러 입고 쥘부채로 얼굴을 가린 채 춤추고 있었기 때문이다.

참으로 기묘한 광경이었다.

깊은 밤 촛불이 일렁이는 응접실에서 허연색 양복을 입은 남자가 정좌한 채 노래를 부르고, 거미줄 무늬 기모노를 걸친 누군가는 춤을 추고, 또 다른 남자는 전통 바지인 하카마를 걸치지 않고 기모노에 띠만 두른 가벼운 평상복 차림으로 칠칠치 못하게 책상다리를 하고 앉아 손뼉을 치고 있었다.

처음에는 꿈을 꾸는 줄 알았다. 그러다 또다시 이형

의 것을 보고 있을까 봐 겁먹음과 동시에 나는 홀딱 홀
리고 말았다.

이곳에도 또 달이 떨어진 걸까.

그렇게 생각한 이유는, 소리도 없이 기모노 자락을
나부끼는 춤사위에 불꽃의 색깔이 거미줄에 반사되는
모습을 보다 보니 이곳에 달빛이 내려온 듯 했기 때문
이다.

춤추는 사람은 오른쪽, 왼쪽으로 이동하며 빙글빙글
돌았다. 상당히 격렬한 동작인데도 한 번도 끊기거나
막히지 않았다. 무엇보다 발소리가 전혀 나지 않았다.

마침내 노래의 끝이 왔다.

노래를 마친 남자는 머리를 숙여 가볍게 인사했다.

평상복 차림의 남자가 짝짝짝 손뼉을 쳤다.

이야, 참, 대단하군. 눈 호강을 했어, 눈 호강을. 자작
의 노래도 참으로 훌륭한데? 미안하네, 원래는 내가 북
이라도 치면 좋으련만 그쪽에는 영 소질이 없어서 말
이야. 형편없는 장단밖에 치지 못해 실례했네.

평상복 차림의 남자는 흥분했는지 카랑카랑한 목소
리로 외쳤다.

자작이라 불린 남자는, 아니, 그렇지 않네, 하고 자세
를 고쳐 앉았다.

과연, 대단하군, 구가하라.

양복 차림의 남자가 얼굴을 상기시키며 기모노를 입
고 춤춘 사람을 올려다봤다.

한동안 연습을 안 했다고 했으면서 실력은 조금도 녹슬지 않았군. 아주 귀한 구경을 했어. 우리만 보기에는 아까운걸.

아니, 글렀어.

맑은 목소리가 났다.

쥘부채가 탁 접히고 기모노가 바닥에 나부시 내려앉았다.

단련하느라고 했는데, 역시 사용하는 근육이 조금씩 다른 모양이야. 다시 제대로 만들어야지 안 되겠어.

한숨 섞인 목소리.

그런가? 내 생각에는 충분히 훌륭한데.

양복 입은 남자는 납득이 되지 않는지 고개를 갸웃거렸다.

뭐, 어떤가? 자자, 마시자고. 술은 아직 남았잖은가.

평상복 차림의 남자가 우스꽝스러운 목소리를 내며 작은 사기잔을 들어 올렸다.

내 귀에 대화 소리 같은 것은 들어오지 않았다.

그곳에 서 있는 춤꾼에게서 눈을 뗄 수가 없었기 때문이다.

거미줄 무늬 기모노를 걸치고, 소리도 없이 달빛처럼 춤추던 사람은 젊은 남자였다.

그곳에 서 있는 사람은 그토록 격렬한 춤사위를 선보인 뒤에도 숨 한 번 헐떡이지 않고 산뜻한 표정을 한, 카키색 군복 차림의 남자였다.

16

솔직히 그날 밤 일은 지금 생각해도
반쯤은 꿈이 아니었을까 싶다.

촛불에 떠오른 거미줄 무늬 의상도, 남자들의 대화
도, 휘영청 밝은 달조차도.

그 후 그들과 알게 되고 나서 첫 만남은 이랬을 것이
라고 혼자 지어낸 꿈속 이야기일지도 모른다고.

한 폭의 그림 같은 그 장면을 내가 정말로 봤던 걸까.

칠칠치 못하게 앉아 있던 사사노, 등을 곧게 펴고 정
좌한 자작, 쥘부채를 들고 서 있던 구가하라.

사야코가 보여준 서양 그림 같은 완벽한 삼각 구도.
그런 광경이 내 눈에 보였다면 당연히 내 모습도 그들
의 눈에 띄었을 것이다. 실제로 구가하라는 처음부터
내가 있는 것을 알아차린 듯한데 다른 두 사람이 알아
차리지 못했다는 것은 말이 되지 않는다.

그보다 이렇게 돌이켜 생각해보면 목적이 명백한 교류부에서도 의외로 남자들만의 연회가 많았다는 사실이 놀랍다. 물론 '교류'가 밀실에서 은밀하게 행해지기도 했고 엿볼 수 있는 자리는 그런 연회뿐이었으니 당연하겠지만, 인상에 남아 있는 것은 남자들이 장시간 토론을 벌이던 모습뿐이다.

때로 언성을 높여 논쟁하던 남자들. 그런가 하면 노래하고 웃으며 강아지처럼 서로 장난을 치기도 했다. 혹은 몇 시간씩 입을 꾹 다문 채 담배를 폈다.

무슨 이야기를 하는지 들리지도 않았고 알아듣는다 해도 단어 몇 개뿐이라 내용은 이해할 수 없었지만, 나는 남자들이 그렇게 '어울려' 있는 모습을 보는 것이 좋았다. 그럴 때만큼은 추월장도 18세기의 우아한 살롱처럼 보였다.

다음으로 그들을 만난 것은 그 꿈같은 밤에서 한 달이나 지나서였던가.

나는 그 종려나무 사이의 비밀 장소에서 책을 읽고 있었다. 푹푹 찌는 날씨 탓에 종려나무 사이에도 습한 공기가 차 있어 옷까지 눅눅해진 기분이었다. 찝찝해서 일찌감치 돌아가려고 밖으로 나왔다가 오백나한상 앞에 쪼그려 앉아 멍하니 담배를 피우는 사사노와 맞닥뜨린 것이다.

처음에는 그가 그때 응접실에서 책상다리로 앉아 있던 남자라는 것을 알아보지 못했다.

남자에게는 얼굴이 없었다.

가슴이 철렁해서 자세히 보니 남자는 지독한 무표정이었다. 또 요괴를 보나 싶었지만 아무래도 그건 아닐 거라는 확신이 들어 안심했던 기억이 난다.

다시 관찰해보니 남자는 뭔가를 심각하게 고민하는 것처럼 보이기도 하고, 모든 것을 내려놓고 마음을 편히 먹은 것처럼 보이기도 했다. 하지만 어깨 언저리에 가시처럼 거칠고 삐죽삐죽한 윤곽이 있어, 보는 나까지 차가운 손에 뺨을 어루만져지는 느낌이 들 지경이었다.

생각해보면 그런 얼굴을 그 후에도 몇 번이나 봤다. 아니, 얼굴이라기보다 윤곽이라고 해야 할까. 어깨에서 등까지 보풀이 돋은 것처럼 윤곽이 까슬까슬하고 희미해 보였다. 그런 윤곽을 가진 사람은 반드시 얼굴도 없었다.

종종 손님 중에 그런 윤곽을 가진 사람을 발견하고 콕 집어 가리키면 여자들은 의아한 표정을 지었다. 그런데 얼마 후면 예외 없이 그 손님의 부고 소식이 들려왔다.

여자들은 처음에는 오싹해하더니 이윽고 내게 "저 손님은 어떠니?" 하고 살며시 물어보게 됐다.

그렇다, 죽을 조짐이 나타난 상, 사상死相이었다.

다시 종려나무 사이에 숨어야 하나 망설이고 있는데, 남자가 내 쪽을 보고 싱긋 웃었다. 그 미소를 보고

서야 그날 밤 응접실에 있던 남자라는 것을 알았다.

남자는 늘 기모노에 띠만 두른 가벼운 평상복 차림이었다. 광대뼈와 쇄골이 드러날 정도로 몹시 말라서 무표정하게 있으면 초라하고 살벌해 보이는데 웃기만 하면 인상이 확 달라졌다. 아이처럼 사랑스럽고 해맑은 그 미소는 남녀노소를 막론하고 모두를 매료시켰다.

그는 술꾼에다 칠칠치 못하고 유난히 외로움을 많이 타는 사람으로, 누군가와 함께 있을 때는 싱글벙글 웃으며 한껏 사랑스러운 매력을 뿜어냈다.

그의 이름이 사사노라는 것을 언제 알았던가. 그가 실은 주목받는 작가이며 툭하면 사랑에 빠져서 여자의 집에 들어가 얹혀살기 일쑤라는 것과, 추월장에 올 때는 이런저런 말썽을 일으켜 여자로부터 도망치느라 숨으려는 경우가 많다는 일화를 누구에게 들었던가.

아무튼 사사노가 싱긋 웃으며 "오, 반갑구나" 하고 인사하기에 나도 주뼛거리며 "안녕하세요" 하고 머리를 숙였다.

추월장이 영업을 시작하려면 아직 시간이 한참 남은 것으로 봐서는 전날 밤부터 묵고 있었음에 틀림없었다.

"이거 놀랍군. 종려나무에서 꼬마 아가씨가 나오다니. 대나무에서 태어난 가구야 공주가 아니라 종려나무에서 태어난 졸려 공주인가?"

사사노는 자신의 말장난이 마음에 들었는지 입을 가리고 킬킬 웃었다.

"얼마 전에도 그렇고 오늘도 그렇고, 너는 매번 생각
지도 못한 곳에서 나타나는구나. 다음에는 복숭아 속
에서 튀어나오는 거 아니냐?"

"손님이랑 말하면 안 됐대요."

나는 우물대며 말했다. 얼른 이 자리를 벗어나면 된
다는 걸 알지만, 사사노에게는 선뜻 떠나지 못하게 하
는 면이 있었다.

"그렇겠지. 그래, 전적으로 맞는 말이다. 외로움을 달
래러 붉은 요가 깔린 꿈의 공간에 오는 놈들 근처에 너
같은 아가씨는 절대 가까이 가면 안 되지."

사사노는 노래하듯 말했다.

"아저씨는 뭐 하고 있었어요?"

나는 거리를 두면서도 물어봤다.

"응? 아저씨가 뭘 하고 있었더라. 아저씨는."

사사노는 눈알을 빙글빙글 돌렸다.

"아저씨는 저주에 관해 생각하고 있었다."

"저주요?"

"그래. 사랑의 말이라고도 하지."

사사노는 아무렇지도 않게 말했다.

나는 무슨 소리인가 싶어 그의 얼굴을 쳐다봤다.

"원래 사랑의 말은 참으로 강력한 저주란다. 상대방
은 물론 그 말을 내뱉은 당사자도 속박하거든. 처음에
는 속박도 감미롭게 느껴지지. 어떤 나라에서는 갓 태
어난 아기를 옴짝달싹 못할 정도로 천으로 꽁꽁 싸매

는데, 그래야 아기가 안심하고 잘 자는 모양이야."

사사노는 담배 연기를 대각선 위로 내뿜으며 말을 막힘없이 이어갔다.

"그런데 아기는 머지않아 기어다니고 싶어 하지. 편안하게 감싸줬던 천이 무거운 사슬처럼 느껴지는 거다. 저주를 건 사람도, 저주에 걸린 사람도 갈수록 저주의 무게에 눌려 변질되고 그러다 짓물러 썩게 되지. 결국 썩은 자리에 독이 퍼져 병에 걸린다."

무슨 내용인지 종잡을 수 없지만 나는 가만히 듣고 있었다. 사사노는 내가 듣고 있든 말든 상관하지 않는 눈치였다.

"어디쯤에선가 모든 것이 뒤집힐 거다. 그 경계가 궁금하구나."

사사노는 담배를 입에 문 채 아이처럼 무릎을 싸안았다.

그때 나는 '모성 본능을 자극한다'라는 말을 떠올리고 있었다.

소문으로만 들어본 말. 내 세 명의 엄마와의 경험에서는 도무지 이해할 수 없는 말이었지만, 무릎을 싸안고 무료하게 있는 사사노의 모습을 보고 아, 그 말은 이럴 때 느껴야 하는 감정을 가리키는 거였구나, 하고 직감했던 것이다.

"꼬마 아가씨도 잘 기억해두렴. 사랑의 말은 함부로 하면 안 된다. 저주를 거는 거나 마찬가지거든, 알겠지?"

사사노는 훌쩍 일어서더니 뒤도 돌아보지 않고 유유히 자리를 떴다.

나는 그 뒷모습을 멍하니 지켜봤다.

사랑의 말은 저주, 라는 한마디 말을 어딘가에 새기면서.

17

시간순.

또다시 시간순이다. 뭐가 먼저고 뭐가 나중인지 그 것이 내 골머리를 썩인다.

개별적으로 만난 것은 사사노가 처음이었다. 다음은 누구였더라? 자작이었나, 구가하라였나.

자작으로 말할 것 같으면 그 방의 이야기부터 해야 한다.

열리지 않는 방.

처참한 전설로 채색된 방의 이야기를.

나는 그 이야기를 자작에게 직접 들었다.

자작은 겉보기에 퍽 젊어 보였지만 아는 것이 많았 다. 그 어떤 잔인한 화제도 그에게는 단순히 지식의 하 나일 뿐이라 태연한 얼굴로 재치 있는 화제로 만드는 사람이었다.

신기하기도 하지. 죽은 자는 외로움을 많이 타는 법이야. 항상 저승에 데려갈 길동무를 원하거든.

자작은 늘 침착하고 여유롭게 말을 꺼낸다. 아무리 비참한 내용이라도, 아무리 엉뚱한 화제라도.

그 방은 요리부도 교류부도 아닌, 조금 떨어진 곳에 있었다.

연못 위로 뻗어 나온 다실.

추월장에서도 햇볕이 잘 드는 곳에 있을 터인 그 방에는 어둑어둑한 인상이 있었다. 어쩐 일인지 모두가 그곳에 가기를 꺼렸고 나도 다실이 있다는 것은 알고 있었지만 가까이 가본 적은 없었다.

밖에서 다실을 보면 눈에 띄는 외관인데도 이상하게 존재감이 옅었다. 그곳만 망사 천이 둘러쳐진 듯이 흐릿한 잿빛이었다.

연못도 그 근처는 걸쭉하게 고여 있고 무거운 색의 수면에 연잎이 빼곡하게 들러붙어 있는 모습은 꺼림칙한 광경이었다.

애초에 유곽인 추월장에 다실이 있는 것 자체가 이상한 일이었다. 밤에만 되살아나는 추월장에서 다실의 존재는 부모를 닮지 않은 아이처럼 어디에도 어울리지 못하고 붕 떠 있었다.

다회가 밤에 열리는 일도 아예 없지는 않지.

자작은 그렇게 말했다.

말이 다실이지, 다다미 열 장은 들어갈 만큼 제법 널

찍한 방이었다. 방바닥에는 네모난 다도용 화로가 설치되어 있긴 하지만 그 방은 오직 연회장으로만 사용됐다. 다도용 부엌이 딸린 대기 공간도 있지만 오랫동안 본래의 목적으로 사용된 적은 없는 것 같았다.

밖에 눈이 오는 풍경을 방 안에서 구경할 수 있게 상단에는 종이가 발라져 있고 하단에는 유리가 끼워진 눈 구경 장지문에 두 면이 둘러싸인 방은 역시 왠지 모르게 어둑어둑하고 서늘한 공기가 감돌았다.

나는 왜, 언제 자작과 함께 그 방에 들어갔던가. 나는 자작 옆에서 몸을 숨기는 자세로 눈 구경 장지문 너머의 연못을 바라봤다.

비뚤어졌군.

자작이 천장과 도코노마를 둘러보며 중얼거렸다.

조금씩 균형이 맞지 않는군. 그렇지? 잘 보면 천장의 네 변의 길이가 같지 않아. 왜일까.

그가 가리키는 대로 천장을 올려다봤지만 나로서는 잘 알 수가 없었다.

잘은 몰라도 배를 가르고 죽어 있었던 모양이야.

자작은 잡담이라도 하듯 이야기하기 시작했다.

얼결에 그를 올려다봤지만 아이 앞에서 할 이야기가 아니라는 생각은 못 하는 듯했다.

처음으로 이곳에서 죽은 사람 말이다. 이곳 사람도 아닌데 그 노인이 왜 여기에서 죽었는지는 몰라도 다다미를 전부 교체해야 할 만큼 피가 흥건했다고 하던데.

그는 왠지 작은 웃음소리를 냈다.

그 늙은이 몸에서 그렇게 많은 피가 어떻게 나왔는지 알 수 없다는 거지.

자작은 방 안을 천천히 돌아다녔다.

그도 그럴 것이 사람은 배를 가른다 해도 그리 쉽게 죽지는 않거든. 그래서 할복하는 사람 뒤에서 목을 쳐주는 사람이 필요한 거다. 어째서 그런 방법으로 죽어야만 하는 건지.

자작은 생각에 잠길 때 이리저리 왔다 갔다 하는 버릇이 있는 모양이었다. 그리고 그 내용을 입 밖에 내는 버릇도.

이것만 해도 분명히 마가 끼었다고 할 수 있는데, 얼마 지나지 않아서 또 다른 사람이 죽었지. 교류부에 있던 젊은 여자가 이슥한 밤에 이 방에서 혼자 단도로 목을 찌른 거다.

또다시 다다미는 피범벅이 되었다. 그런데 여자는 두 다리를 기모노의 허리끈으로 묶고 단정하게 몸을 움츠리고 죽어 있었어. 다다미는 한 장만 교체하는 걸로 해결되었지.

이때 자작은 다시 훗 하고 웃었다.

다만 눈 구경 장지문에 작게 핏방울이 튀어 있었던 모양이야. 한 군데에 달랑 한 방울이.

자작과 나는 동시에 눈 구경 장지문을 쳐다봤다. 물론 그곳에 피의 흔적은 없다. 깨끗하게 새로 바른 하얀 장지문이 있을 뿐이었다.

그날 이후 다실에는 더더욱 아무도 접근하지 않게 되었는데, 마지막으로 결정적인 사건이 터졌지.

자작은 다다미의 가선을 따라 방 안을 돌아다녔다.

건물에 대규모 보수 공사를 하느라 빈방이 없어서 어쩔 수 없이 이곳에서 잠을 잤던 남자들이 아침에 죽어 있었던 거다. 고통스러워한 흔적도 없고 아무리 살펴봐도 자연사였다고 하지만, 모두들 이 방 탓이라며 두려움에 떨었지.

자작은 어깨를 움츠렸다.

이러저러해서 결국 '열리지 않는 방'으로 불리게 되었는데.

자작이 갑작스레 말을 끊었다.

그 말투에 나는 자작의 얼굴을 봤다. 자작은 진지한 얼굴로 물끄러미 천장을 올려다봤다.

역시 이 방은 어딘가 이상해. 여기 계속 있으면 좋지 않은 것이 정신에 스며들 것 같군.

그런데, 하고 자작이 천진스러운 눈으로 나를 봤다.

나는 가끔, 이곳에 오고 싶어진단 말이지.

어째서요? 하고 나는 물었다.

이렇게 으스스한 곳인데.

그렇게 우물우물 중얼거린 내게 자작은 살포시 기묘한 웃음을 지어 보였다.

글쎄. 나도 왜인지 궁금한데?

18

　　　기억은 우회한다.

　머뭇거리고 주변을 떠돈다.

　나는 망설이고 있다. 그날 밤 일을 떠올리는 것을. 아니, 나는 언제나 떠올리고 있다. 그날 밤 일을 거듭해서, 우려내고 또 우려낸 홍차에 미련이 남아 향기를 맡으려는 것처럼 몇 번이고 되풀이해서.

　처음에는 사사노와 대화를 나누었다. 자작과 열리지 않는 방인 다실에서 이야기를 했다. 그것은 말하자면 주변의 기억이지 중심은 아니다.

　중심은 항상 그곳에 있고 움직이지 않는다. 적어도 내 안에서는.

　"거기 숨어 있지 말고 나오렴. 전에도 거기서 보고 있었지?"

　몸이 움찔 떨린 것을 거듭 떠올렸다. 기둥에 대고 있

던 손가락이 떨렸는데 그것을 본 것도 기억한다.

그가 나를 본 그 순간. 시선을 마주친 그 순간으로 기억은 언제나 돌아간다.

그가 춤추는 모습을 본 것은 결국 세 번뿐이었다. 처음에 연달아 두 번 본 뒤, 그는 누가 재촉해도 춤을 추지 않게 되었기 때문이다.

몸이 움직이지 않는다. 근육이 붙는 방식이 완전히 달라졌다. 이제 중심의 위치도 모르겠다. 직업을 위한 육체가 되고 말았다.

그렇게 무표정으로 중얼거린 목소리를 기억한다.

두 번째로 춤을 춘 뒤 쥘부채를 접고 내릴 때의 씁쓸한 표정을 기억한다.

그러고 나서 그가 내게 말을 걸었던 것이다.

그가 춤추고 있는 모습을 내가 처음 봤을 때 이미 그는 위화감을 느꼈으리라. 직업군인의 몸과 무용가의 몸이 다른 것은 쉽게 상상이 간다.

그런데도 나는 그의 카키색 군복에 늘 그 거미줄 무늬 의상을 겹쳐 봤다. 그가 걷는 모습에는 화려한 발놀림과 쥘부채를 쥔 손놀림을 겹쳐 봤다.

역시 달이 아름다운 밤이었다.

처음 그날 밤에 비하면 구름이 많이 껴서 결국에는 달을 가렸지만.

정원에서 멍하니 '방과 후' 시간을 보내고 있는데 차가 멈추더니 누군가가 다가오는 기척이 났다.

두 명 이상의 목소리가 한꺼번에 흘러왔다.

어디서 많이 들어본 카랑카랑하고 태평스러운 목소리에 나는 절로 등이 곧게 펴졌다. 차분한 목소리와의 조합도 귀에 익었다.

혹시 지난번의 그.

나는 자세를 낮추고 살그머니 이동했다. 교류부로 향하는 복도 창문에서 평상복 차림의 남자와 양복을 입은 남자의 모습을 발견했다.

가슴이 방망이질 치듯 두근거리기 시작했다. 그러나 두 사람의 앞뒤를 눈을 씻고 찾아봐도 카키색 군복은 보이지 않았다.

오늘은 안 왔나 보다.

실망해서 방으로 돌아가면서도 왠지 모르게 예감이 들었다. 또 그 춤을 볼 수 있을지도 모른다는 예감이.

저녁을 먹고 나서도 얌전히 시간을 보내며 밤이 깊어지기를 기다렸다. 애타는 마음으로 닳도록 읽은 책의 책장을 넘기고 하품을 하면서 다가올지도 모르고 다가오지 않을지도 모르는 장면을 기다리는 긴긴밤이여.

꾸벅꾸벅 졸다가 퍼뜩 깨서 벌떡 일어나기를 반복하는 사이 드디어 여느 때와 같은 밤의 떠들썩함이 가라앉고 걸쭉한 어둠이 세상을 지배할 무렵, 나는 천천히 방을 빠져나왔다. 기대했던 대로 멀리서 흘러오는 나직한 노랫소리. 가슴이 설레었다. 그것이 환청이 아니라는 것을 거듭 확인했다.

컴컴한 밤길을 살금살금 걸어가 불빛을 발견했다.

그가 춤추고 있었다.

지난번처럼 오직 촛불에 의지해 거미줄 무늬 의상을 걸치고, 양복 차림으로 노래하는 남자와 평상복 차림의 남자와 삼각 구도로 춤을 추고 있었다.

역시 그는 뒤늦게 두 사람과 합류한 것이다.

내가 지난번보다 빨리 왔는지 이제 춤을 시작한 참이었다. 노래가 끝없이 이어져 그가 춤추는 모습을 느긋하게 바라볼 수 있었다.

꿈같은 광경이 다시금 눈앞에서 펼쳐졌다.

나는 숨을 죽이고 추월장의 그림자와 동화되어 그의 춤을 지켜봤다.

지난번 춤과는 달랐다. 더 격렬하고 동작도 섬세해졌다.

한 곡이 끝나 다른 두 사람이 박수를 치고 평상복 차림의 남자가 카랑카랑한 목소리로 칭찬했다.

그런데 춤을 마친 그의 표정이 어두웠다.

쥘부채를 접고 내려뜨린 손에는 힘이 없고, 의상을 벗고 나타난 얼굴은 어쩐지 침통한 표정이었다.

그리고 그가 얼굴을 들어 이쪽을 본 것이었다.

숨어서 보고 있던 나를. 한 치의 망설임도 없이, 똑바로, 지극히 자연스럽게.

"거기 숨어 있지 말고 나오렴. 전에도 거기서 보고 있었지?"

움찔하는 나. 기둥에 대고 있던 손가락이 떨리는 것이 보인다.

"앗."

양복과 평상복 차림의 두 사람이 놀란 듯이 이쪽을 봤다. 나는 황급히 몸을 움츠렸다. 도망치고 싶었지만 소리를 낼까 봐 두려워서 그 자리에 굳어버렸다.

"괜찮아, 화내지 않으마. 이리 오렴."

그는 그렇게 상냥하게 반복해서 말한 뒤 커다랗고 하얀 손을 흔들어 이리 오라고 손짓했다.

그 손동작에 눈이 빨려 들어갔다. 긴 손가락. 춤을 추는 듯한 요염한 움직임.

나는 홀린 듯이 방에 들어갔다.

이번에도 양복과 평상복이 놀란 목소리를 냈다.

"어린애다."

"어린애잖아."

두 사람은 서로 얼굴을 마주본 뒤 나를 뚫어지게 쳐다봤다.

"이런 곳에 어린애가 있다니."

"설마 귀신은 아니겠지? 오래된 집에 어린애 모습으로 나타난다는 좌부동자 같은 거 말이야."

그가 쿡 하고 웃었다.

"그렇군, 귀신일 가능성이 있었어. '귀 없는 호이치' 전설에서도 밤중에 음악을 들으러 오는 건 요물밖에 없다고 했지."

요물 소리도 그의 입으로 듣자 싫지 않았다.

"너, 비짱이지?"

그가 그렇게 말해서 나는 몹시 놀랐다. 어떻게 그 이름을 알고 있을까.

"얘기는 들었다."

"손님이랑 말하면 안 됐댔어요."

기껏 그렇게 중얼거리는 것이 고작이었다.

"그렇고말고. 오늘 밤 일은 비밀로 하자꾸나."

그는 고개를 끄덕이고 입술에 손가락을 갖다 댔다. 나도 끄덕했다.

"비짱이라니, 그게 이름이라고?"

평상복 차림의 남자가 카랑카랑하게 말하며 눈을 동그랗게 떴다.

"맞아. 비다마 같으니까 비짱. 그렇지?"

나는 이번에도 고개를 끄떡했다. 어떻게 그런 것까지 알고 있을까.

신기해서 그를 올려다보자 그는 한없이 온화한 표정으로 나를 보고 있었다. 마치 오래전부터 나를 알고 있었다는 듯이.

"이제 그만 방으로 돌아가는 게 좋겠구나. 방에서 몰래 나와 이곳에 왔다는 걸 들키면 큰일일 테니."

그는 자세를 낮추어 나와 눈높이를 맞추고 살며시 속삭였다.

"이걸 주마. 내일 먹으렴."

그가 바지 주머니에서 캐러멜을 꺼내 내밀었다.

커다랗고 하얀 손바닥 위 캐러멜이 보석처럼 보였다. 나는 머뭇머뭇 캐러멜을 집어 들었다.

"또 보자. 잘 자렴, 비짱."

그는 그렇게 말했다.

나는 묘한 기분에 사로잡혔다. 이 사람은 추월장의 누구보다도 나에 대해 잘 알고 있을 것 같은 그런 기분이 들었다.

실제로 내 감은 맞았다. 이 당시 추월장의 누구보다도, 심지어 나보다도 내 정체가 무엇인지 알고 있는 사람은 바로 그였던 것이다.

19

누군가 알려주기 전까지 나는 내 왼쪽 팔꿈치 안쪽에 작은 점들이 모여 있다는 것을 알지 못했다. 세어보니 전부 일곱 개였고 어쩐지 북두칠성 모양으로 배열되어 있었다.

나를 돌봐주는 여자들 중 누군가 그 말을 꺼낸 모양이었다.

어느 날 사야코가 내게 성큼성큼 다가와, "비짱, 잠깐 팔 좀 보자" 하고 손을 뻗었다.

나는 갑자기 무슨 소리인가 싶어 어리둥절했다. 사야코는 내 왼팔을 붙잡고 팔꿈치 안쪽을 위로 향하게 했다.

"어머, 정말이네."

사야코는 내 팔에 있는 점을 찬찬히 살펴봤다.

"정말 일곱 개 맞아. 다행이야."

"뭐가 다행이라는 거야?"

나는 사야코의 얼굴을 봤다.

"여섯 개보다는 일곱 개가 더 좋잖아."

제대로 된 설명은 아니었지만 사야코가 말하면 왠지 맞는 말 같았다.

"그리고 이게 있으니까, 네가 어디서 객사하더라도 너라는 걸 알 수 있게 됐어. 다행이야."

사야코는 '다행이야'를 힘주어 말했다.

"다만 불에 타 죽는 경우에는 곤란하겠는걸."

사야코는 문득 생각났는지 눈살을 찌푸렸다.

그리고 내 얼굴을 들여다보며 진지한 표정으로 이렇게 말했다.

"만약 불에 타 죽게 되면 이 점을 지켜야 해. 알겠지?"

"어떻게?"

"그러게, 일단 오른손으로 가리는 거야."

일단 오른손으로 가린 뒤 대체 어떻게 하면 좋을지는 가르쳐주지 않았지만, 이 점이 중요하다는 것과 내 팔에 그런 신체적 특징이 있다는 것을 알게 됐다. 그날 이후 한동안 스스로도 그 점이 못 견디게 신경 쓰였지만 이윽고 익숙해졌다.

이 일로 내가 어떤 부산물을 갖게 된 것이 특히 기억난다.

나는 점과, 점이 있는 내 팔을 몇 장이나 스케치했다.

그 전에도 그림 그리는 것을 좋아했다. 크레파스로

원을 빙글빙글 그려서 도화지를 채우는 행위에는 원시적이고도 생리적인 쾌락이 있었던 것 같다. 그것은 단순한 '그림 그리기'였지만, 내 점을 도화지에 '똑같이 그려낸' 이후 나는 눈으로 본 것을 '스케치'하는 법을 배웠다.

그렇다, 나는 본 것을 그대로 그렸다.

있는 그대로를, 거짓 없이.

지금 같으면 사람은 종종 사실을 말하거나 지적해서는 안 될 때가 있다는 것을 잘 알지만 당시의 나는 그런 것을 알지 못했다.

그것이 때로는 재앙을 불러일으킨다는 것도.

20 ————————————

추월장에는 온갖 기묘한 족속들이
드나들었다.

어쩌면 그 기묘함은 추월장에 왔을 때만 보이는 얼
굴이었을지도 모른다. 혹은 하계(여자들은 바깥세상을
그렇게 불렀다. 그 말로 인해 이곳이 지상과 동떨어진 깊은
산골이라는 것을 의식하게 됐다.)에서는 평범하고 상식적
인 사람이거나 점잖고 정직한 인품의 신사일지도 모른
다. 추월장은 기묘한 족속처럼 구는 것이 허용되는 곳
이었다. 그리고 추월장의 방문자는 기묘하다는 점에서
모두 동등했다.

그런데 그중에서도 군복을 입은 사람들은 이질적이
었다.

물론 구가하라도 그중 한 명이었지만, 그에게는 어
쩐지 종잡을 수 없는 청개구리처럼 맑고 순수한 면이

있었다. 그는 늘 혼자 오거나 자작과 사사노와 함께여서 조직의 냄새가 느껴지지 않았다.

하지만 다른 남자들은 달랐다.

그 카키색의 묵직함, 등에 널빤지를 댄 것처럼 판에 박힌 바른 자세, 무표정한 눈이나 목덜미 가죽 속에 내포한 불온한 폭력성, 그것들을 억압하는 냉철하고 메마른 '규정'이나 '생각'. 그들이 거드름을 피우며 입 밖에 내는 '천명'이나 '천자님'이라는 말을 들을 때마다 무거운 납덩이가 머리 위에 매달려 있는 듯한 불안한 기분에 휩싸였다.

그들에게는 명쾌한 목적을 가진, 얼굴 없는 집단의 냄새가 있었다.

내가 추월장에 온 지 얼마 안 되었을 무렵에는 그들의 모습이 눈에 띈다 해도 어쩌다 가끔이었던 것 같다. 그런데 어느덧 그들의 수가 늘어나고 추월장에 오는 빈도도 높아졌다.

그런 시대니까, 하고 여자들은 말했다.

그 말이 무슨 의미인지 나는 알지 못했지만.

물론 그들 대부분이 '교류'를 하러 왔지만 그뿐만이 아닌 것은 명백했다. 개중에는 추월장의 여자들과 남자 종업원들을 노골적으로 혐오하고 경멸하며 근처에 오지도 못하게 하는 사람이 여럿 있었고 심지어 "더러운 매춘부 같으니라고"라는 말까지 내뱉는 사람도 있었다.

나는 그럼 안 오면 되잖아, 하고 생각했고 젊은 남자 종업원들의 얼굴에도 같은 불만이 떠올라 있었지만 그 것을 입 밖에 내는 사람은 없었다.

히사 씨와 함께 추월장의 허드렛일을 하는 소녀 중에 린이라는 아이가 있었다.

린은 어렸을 때 마차에 치여 한쪽 눈이 찌부러지고 한쪽 다리를 절었지만 손끝이 야무지고 체력도 좋았다. 재치 있고 희한한 유머 센스도 있는 린의 특기는 사람들에게 별명을 붙이는 것이었다.

린이 모두가 '카키색'이라 부르던 군인들에게 딱 맞는 별명을 붙인 탓에 나는 예나 지금이나 그 남자들의 진짜 이름을 모른다.

'달마 씨'는 군에서도 직급이 높아 보이는 건장한 중년 남자였다.

부리부리한 눈과 짙고 굵은 눈썹이 달마대사의 얼굴이 그려진 빨간 오뚝이와 빼다 박은 듯이 닮아서 사람들은 그 별명을 들으면 "아" 하고 납득한 뒤 웃음을 터뜨렸다.

'달마 씨'는 평소 근엄하고 위압감이 있으며 과묵한 사람이었지만, 적어도 여자들을 노골적으로 경멸하는 일은 없었고 누구에게나 정중한 태도를 취했다.

'먼지떨이'는 '달마 씨' 옆에 그림자처럼 붙어 다니는 중년 남자로 철사처럼 빼빼 마르고 키가 컸다. 툭하면 "무례한 놈!" 하고 격분해서 주위 사람에게 마구 화풀이

하는 모습이 확실히 장지문을 먼지떨이로 부산스럽게 툭툭 털어내는 모습을 연상케 해, 린이 "그 '먼지떨이'가 말이야" 하고 말했을 때 모두가 곧바로 알아듣고 폭소를 터뜨렸다.

'언두부'는 추월장에 대한 경멸을 가장 노골적으로 드러낸 남자로 부잣집 아들이라고 했다. 그래서인지 자존심이 강하고 말투가 시건방졌다. 안타깝게도 빈약한 체격에 얼굴은 보기 딱할 정도로 마맛자국으로 가득해 지금껏 여자들이 제대로 상대해주지 않아 쌓이고 쌓였을 원망을 추월장의 여자들에게 쏟고 있음이 분명했다. 겨울에 새끼줄로 엮어 처마 끝에 매달아놓은 구멍이 송송 뚫린 두부를 떠올린 린의 관찰력은 정확했지만, 잔혹한 진실을 들추어낸 것도 사실이었다.

그래도 그들과 멀찍이 떨어져 있으면 되었고 그들도 우리와 친해질 생각이 없는 듯해 차라리 다행이었다.

모두가 혐오하고 두려워한 사람은 '민달팽이'와 '비수', 두 사람이었다.

'민달팽이'는 피부가 까무잡잡한 장신의 사내로, 언뜻 보기에 상당히 아름답다고 해도 될 만한 용모의 소유자였다. 평소 남을 깔보는 듯한 엷은 미소를 띠고 있고 지극히 정중한 말씨를 쓴다. 하지만 집착이 강하고 무자비한 성격과 여자를 병적으로 좋아하면서도 철저히 멸시하는 태도 탓에 아무리 지갑을 잘 열어도 여자들의 기피 대상으로 꼽혔다.

게다가 자작의 말에 따르면 실은 이 사내야말로 졸부의 손주인 '언두부'와는 비교도 되지 않을 만큼 훌륭한 가문의 자식으로, 여기저기 두루 인맥과 연줄이 닿아 있다고 한다. 그 점을 이용해 사방에서 뒤가 구리거나 약점이 될 만한 정보를 모아 군 안팎에서 협박해 돈을 뜯어낸다고 했다.

그자는 자기 천분을 완전히 잘못 사용하고 있군.

자작이 어처구니없다는 듯 말했다.

머리도 잘 돌아가, 배짱도 두둑해, 얼굴도 훤하니 잘생겼지, 게다가 부모님을 비롯해 온 집안이 다 훌륭한 분들이지 않은가. 뭘 어떻게 하면 저런 성격이 되는지 나로서는 도무지 짐작이 가지 않는군.

자작과 사사노가 '카키색'을 둘러싼 소문에 대해 이야기할 때 그런 말을 들었다.

자, 진정하고, 어쨌든 온 집안이 훌륭하기 때문에 가끔은 열매 없는 꽃 같은 사람도 태어나고 그러는 거 아니겠나.

사사노가 싱글거리며 끼어들었다.

자네처럼 볕이 잘 드는 곳에서 쑥쑥 자라는 걸 당연하게 여기는 사람이 있는가 하면, 볕이 잘 드는 곳에 있기가 미안해서 가능하면 구석이나 볕이 들지 않는 으슥한 곳에서 살아가길 원하는 사람도 있는 거지.

아니, 그럼 자네는 후자란 말인가?

자작이 냉랭히 대꾸했다.

그렇게 말하지는 않았네.

사사노는 어깨를 움츠리고 손을 펼쳐 보였다.

나야 뭐, 처음부터 음지에서 살아갈 운명이었지.

자작이 호들갑스레 고개를 흔들자 사사노는 떨떠름한 표정을 지었다.

내가 절연당한 것도 다들 알고 있으니, 뭐.

그래서 지금 자네는 누구를 절연한 건가?

자작의 물음에 사사노는 숨이 턱 막히는 얼굴이었다.

이때 사사노는 추월장에 벌써 사흘이나 묵고 있었다. 이틀 이상 머물고 있다는 것은 또 '하계'에서 여자와 분란을 일으켜 도망을 왔다는 뜻이다.

소문이라는 것은 엄청난 전파력을 가진다. 나조차도 당시 사사노가 자신이 소속된 동인지에 참여한 어느 양갓집 규수와 부도덕한 사랑에 빠졌다는 가십을 들은 적이 있다. 사사노에게는 이미 동거 중인 내연의 처가 있는데도 말이다. 심지어 내연의 처가 사사노를 먹여 살리고 있다고 했다.

흥, 나는 나 스스로를 절연하고 있어. 내버려두게.

사사노는 심사가 뒤틀렸는지 담배를 뻑뻑 피워댔다.

21 ———————————

　　　　　나는 '비수'가 어떤 물건인지 몰랐기
때문에, 린이 그 사내를 '비수'라고 불렀을 때 모두가
복잡한 얼굴로 고개를 끄덕이는 모습을 봐도 별 감흥
이 없었다.

　그 사내는 평소에는 차분하고 무표정이었다.

　바짝 여윈 얼굴에 광대뼈가 툭 불거져 나와 어딘지
서늘한 인상이 풍겼다.

　아직 젊은 것 같기도 하고 나이가 많은 것처럼 보이
기도 했다.

　그는 가끔 추월장에 와서 교류부에 묵었지만 반드시
여자를 반죽음 상태로 만들어놓아 여자들은 그를 상대
하지 않으려 했다. 그러자 그는 밖에서 매번 다른 여자
를 데려왔다. 두 번 연속해서 상대하는 여자가 없었던
것이리라. 번번이 어디선가 초면인 여자를 데려왔고,

모두들 아무것도 모르고 온 그녀들을 안타깝다는 듯이 힐끗힐끗 쳐다봤다.

저놈은 언제고 사람을 해칠 놈이야.

벌써 여러 명 해친 거 아니야?

여자들은 수군거렸다.

내게 '비수'를 보여준 사람은 마사 씨였다.

이거다.

마사 씨가 무심히 보여준 그것은 음침하게도 탁한 빛을 발하고 있었다. 칼을 담금질할 때 생긴 칼날의 물결무늬가 은빛으로 빛나고 있다. 그 곡선이 남자의 광대뼈 아래 움푹 들어간 곳의 곡선과 겹쳐 보이면서 그 별명의 의미와 당사자가 완벽히 일치했고, 나는 다시금 린의 '재능'에 감탄하지 않을 수가 없었다.

22 ─────────────

문제는 린의 별명 붙이는 재능이 아니라 내가 눈에 보이는 대로 그들을 똑같이 그림으로 그린 일이었다.

사람의 얼굴에 관심이 생긴 나는 얼굴을 그리는 일에 재미를 붙이게 됐다. 다양한 손님이 찾아오는 추월장은 얼굴을 그리기에 안성맞춤인 곳이었다.

나는 마루가 깔린 연결 복도를 지나가는 손님이나 카운터에 서 있는 손님의 얼굴을 기억했다가 도화지에 그렸다.

눈에 보이는 것을. 있는 그대로를.

'카키색'들은 추월장에 여러 명씩 떼 지어 왔다.

혼자 오는 경우는 구가하라를 제외하면 '민달팽이'가 가장 많았고 그다음은 '비수'였다. 그 두 사람도 보통은 다른 '카키색'들과 함께 왔다. '카키색'들은 교류부 방을 여러 개 전세 내서 회의하는 일이 많았기 때문이다.

다른 '카키색'들은 린이 별명을 붙이지 않은 사람도 포함해서 대체로 서너 명씩 함께 왔다.

처음에는 떳떳하지 못한 듯이 왔던 사람들도 두 번째는 태평한 얼굴로 왔다.

나는 그 표정의 변화를 흥미롭게 지켜봤다.

추월장에 오는 '카키색'들이 직업적인 성격상 그야말로 생과 사의 갈림길에 있었다는 것은 한참 후에야 깨달았다.

대부분의 '카키색'들은 인원수대로였다.

이 문장이 이상해 보일지도 모른다.

인원수대로가 아니면 뭐란 말이냐고 할지도 모른다.

하지만 종종 인원수대로가 아닌 자가 있었던 것이다.

그것을 설명하기는 어렵다.

'먼지떨이'를 예로 들어보겠다.

그를 처음 봤을 때부터 뒤따라 걸어오는 두 명의 노인은 누구일까 궁금했다.

연결 복도에서 통행자가 잠깐 정면을 향하는 곳이 있는데, 두 노인이 '먼지떨이' 뒤에서 양옆으로 얼굴을 반씩 내밀고 있었다.

지칠 대로 지쳐 앙상하게 야윈 몸으로 너덜너덜한 옷을 입은 할아버지와 할머니였다. 분위기가 닮아서 부부가 아닐까 생각했다.

두 노인은 고개를 숙이고 '먼지떨이'의 뒤를 느릿느

릿 따라왔다.

그런데 주위 사람의 반응과 남자 종업원들이나 여자들의 모습을 보는 사이 모든 사람들 눈에 저 두 노인이 보이는 것은 아니라는 사실을 깨달았다.

그렇구나, 이 세상 사람이 아니구나.

그렇게 생각했더니 두 노인은 사라지고 없었다.

그 후에도 '먼지떨이'가 추월장에 올 때마다 두 노인은 종종 모습을 드러냈다.

눈 밑이 움푹 꺼진 창백한 얼굴로 체념한 듯 다리를 끌고 '먼지떨이' 뒤에 있는 것은 변함이 없었다.

저 두 노인은 누구일까.

나는 두 노인의 모습을 스케치했다. 그들의 얼굴을 정면에서 봤을 때와 '먼지떨이' 뒤를 걷고 있는 모습, 옆에서 본 전신 등을.

자꾸 보다 보니 두 노인이 입고 있는 옷이 왠지 일본 옷이 아니라는 생각이 들었다. 어쩌면 두 노인은 외국인일지도 모른다고 생각했다.

'달마 씨' 뒤에는 갓난아기를 품에 안은 젊은 여자가 있었다.

여자는 늘 걱정스러운 얼굴로 '달마 씨'의 대각선 뒤에 서 있었다. 선이 가늘고 온순한 분위기의 여자로, 이따금 아기를 조심스레 '달마 씨'에게 안기려 하지만 '달마 씨'는 도무지 눈치챌 기미를 보이지 않았다.

여자는 바로 코앞에 있는 아기를 알아차리지 못하는

'달마 씨'를 서글픈 얼굴로 쳐다보다 이내 단념하고 발길을 돌려 다시 뒤에 서서 '달마 씨'를 쓸쓸히 바라봤다.

나는 이 여자의 모습도 스케치했다.

항상 너무나 서글픈 얼굴을 하고 있어 스케치하는 나도 기분이 처져서 난감했지만.

여자는 가끔 이쪽을 흘끗 쳐다봤다. 내가 자기 그림을 그리고 있는 것을 아는 눈치였다. 그런 식으로 나를 의식한 것은 그녀뿐이었다.

'민달팽이' 뒤에는 이따금 어린 남자아이가 있었다.

학생복을 입은 눈이 동글동글한 귀여운 소년이었다.

그 소년은 가끔 나타났고, 나타났을 때도 아주 잠깐 '민달팽이'의 어깨 너머로 얼굴을 내밀고 이쪽을 보는 정도였다. 그런데 언젠가 한번은 '민달팽이'의 군복 깃에 매달려 축 늘어져 있었다. 아무것도 모르는 '민달팽이'가 그를 질질 끌고 다니는 모습에 얼마나 놀랐는지 모른다. 그때 소년은 눈을 까뒤집고 관자놀이에서 피를 흘리고 있어 도무지 같은 사람이라고는 믿기지 않을 정도였다.

나는 소년에게 흥미가 일었다.

아마 다른 사람에 비해 나와 나이가 가장 비슷하기 때문일 테고 표정이 가장 자연스러웠기 때문일 것이다.

그래서 '민달팽이'의 군복에 매달려 있는 그의 모습은 그리지 않았다. 그것은 그의 본래 모습이 아닌 것 같았다.

'비수'의 경우 처음에는 내가 뭘 보고 있는지 잘 알지 못했다.

그의 몸에는 뭔가 흐리멍덩한 것과 검붉은 덩어리가 들러붙어 있었다.

그는 마치 진흙탕 속에서 마구 뒹굴다 온 듯한 모습으로 교류부에 나타났다.

스케치를 하려 해도 군복의 얼룩을 똑같이 그릴 수밖에 없었지만, 여러 번 보다 보니 그것들은 '누군가'가 아닌 '누군가였던 것'이라는 걸 알게 됐다.

어깨에 휘감겨 있는 머리카락, 기모노를 입을 때 띠가 처지지 않도록 띠 속에 헝겊 끈을 동여매주는데 그 헝겊 끈만 매달려 있는 허리, 군화에 질질 끌려다니는 것은 여자의 다리였다.

아무래도 한 사람의 것이 아닌 여러 명의 신체 일부인 것 같았다.

나는 헝겊 끈의 무늬와 머리카락에 달린 리본을 스케치했다.

게다가 '비수'의 몸에 착 들러붙어 있는 '누군가였던 것'은 자주 바뀌어 있었다.

얼마 지나지 않아 '비수'의 대각선 위쪽, 머리 부분이 어둡게 보인다는 것을 깨달았다.

처음에는 조명이 어두운 탓인 줄 알았지만 그곳만 망사 천이 둘러쳐진 듯이 흐릿하고 어두웠다.

눈의 착각인가 싶어 연신 눈을 비볐다.

그런데 응접실에 여럿이 앉아 있을 때도 '비수'의 머리 부분만 어두웠다.

나는 먼 응접실에 보이는 '비수'의 머리를 가만히 주시했다. 잠시 후 여자의 얼굴이 흐릿하게 떠올라 보였다.

그 여자는 후미코쯤 되는 나이로, 후미코처럼 크게 틀어 올린 머리를 하고 있었다.

이 세상 사람이 아닌 존재에 서서히 익숙해져 그들을 봐도 크게 놀라지 않던 나도 그 여자의 표정을 본 순간 심장이 얼어붙는 듯한 무시무시함을 느꼈다.

여자는 내가 일찍이 월관대에서 본 요괴처럼 소름끼치도록 무서운 분노의 형상을 하고 있었다.

세상의 온갖 원한과 증오를 형상화한 듯한 얼굴이 '비수'를 쳐다보고 있었다.

엄청나게 무시무시했지만 동시에 역시 나는 그 특이한 '얼굴'에 끌리기도 했다. 나는 침을 삼키고 심호흡을 한 뒤 '비수'의 옆얼굴과 그 대각선 위에 떠 있는 여자의 얼굴을 정성껏 그렸다.

23 ————————————

추월장에서 지낸 세월이나 추월장에서 본 것을 생각하면 기묘한 기분에 빠진다.

실제로 그때 함께 있었던 사람들이 대부분 귀적에 들기도 했지만, 그 무렵에도 죽은 자와 함께 지냈다는 생각을 억누를 수가 없다.

내가 질리지도 않고 스케치한 이 세상 사람이 아닌 존재들도 포함해 모두가 당시부터 이미 죽은 자였다. 나는 죽은 자들과 함께 꿈을 꾼 것이다. 추월장 자체가 이 세상 것이 아니지 않았을까.

물을 수만 있다면 그때의 구가하라에게 물어보고 싶었다.

우리는 모두 죽은 거 아닌가요?

구가하라는 뭐라고 대답할까.

거미줄 무늬 옷을 걸치고 옷자락을 휘날리며 빙 돌

아 보일까.

죽었지.

그는 그 덤덤한 목소리로 대답할지도 모른다.

이렇게 춤추는 건 전부 죽은 사람이거든.

구가하라의 목소리가 들린다.

전통 가면 무극인 노는 전부 저세상 이야기란다. 저세상에 있는 자들이 이승에 대한 미련을 이야기하는 거지. 사람은 언젠가 죽어. 어느 쪽에 있고, 어느 쪽에서 삶을 이야기하는가 하는 그 차이뿐인 거란다.

구가하라는 시원스럽게 춤을 춰 보인다.

움직이지 않는다고 했던 몸을 종횡으로 움직여 보인다.

정말로.

나는 차가운 목소리로 묻는다.

정말 그 차이뿐이에요? 어느 쪽에 있든 별반 다르지 않은 거예요? 추월장은 그저 노의 무대였던 거예요?

대답은 없다.

구가하라는 몸에 걸치고 있던 거미줄 무늬 옷을 머리 위에 뒤집어쓰고, 빙글빙글 돌면서 내 목소리가 들리지 않는 척을 하며 멀어져간다.

그러면 왜.

나는 상관하지 않고 계속했다.

당신은 그런 최후를 맞아야 했던 거예요?

대답은 없다.

24 ───────────────

어느 날 카운터를 보고 있는 후미코
의 뒤쪽 구석에서 사야코가 내준 숙제를 하고 있는데,
머뭇머뭇하는 목소리가 들렸다.

"저기…… 여기에 사사노 선생님이 계시다고 해서
왔는데요, 선생님을 좀 불러주실 수 있나요?"

슬쩍 엿보니 피부가 하얗고 눈이 커다란 '청초'라는
말이 딱 맞는 젊은 여자가 서 있었다. 자연스럽게 컬을
넣은 새카만 머리. 담갈색 블라우스 깃에는 진주 목걸
이가 보였다.

추월장의 여자들과는 명백히 다른, 기품 있는 분위
기를 풍기는 처녀였지만 얼굴이 창백한 것이 어딘지
궁지에 몰린 모습이었다.

후미코는 여느 때의 무표정으로 처녀를 똑바로 보더
니 쌀쌀맞게 대답했다.

"어디서 그런 소리를? 그런 분은 여기 안 계십니다."

처녀는 당황해서 주춤했다.

후미코가 특유의 무표정으로 대답하면 계속해서 대화를 이어갈 수 있는 사람은 아무도 없다.

"그런데 선생님 친구분이, 여기 계시다고 하셨어요."

처녀는 꿋꿋하게도 그렇게 말하며 버텼다.

"거짓말입니다."

후미코는 한마디로 딱 잘라 부정했다. 처녀는 몸을 움찔거렸다.

"여기는 당신 같은 분이 오실 만한 곳이 아닙니다. 돌아가세요."

후미코는 무쇠처럼 단단한 목소리로 그렇게 말한 뒤 이미 볼일이 끝났다는 듯이 장부에 시선을 떨어뜨렸다.

그런데도 처녀는 한동안 머뭇거리며 버텼지만 곧 단념했는지 풀이 죽어 되돌아갔다.

나는 이상해서 후미코를 봤다.

사사노는 며칠씩이나 이곳에 있는데. 최근에는 나와 종업원이 지내는 별채 구석에 이부자리를 깔아놓고 하루 종일 들어가 있다. 교류부에 머물면 돈을 내야 하지만 그곳이라면 돈을 내지 않아도 된다고 생각하는 모양이다.

"선생님, 여기 있잖아요."

내가 그렇게 말하자 후미코는 "없는 걸로 되어 있다" 하고 차갑게 대답했다.

"너도 선생님이 있다는 얘기를 아무한테도 해서는 안 된다" 하고 나를 쏘아봤다.

"선생님한테도 이 일을 얘기해서는 안 돼. 아까 그 사람은 여기 오지 않은 거다. 선생님을 찾으러 온 사람은 처음부터 없었어. 알겠지?"

"네."

나는 고개를 끄덕였다. 후미코가 그렇게 말한다면 그런 것이다.

숙제도 끝났겠다, 나는 정원에 나가 여느 때와 같은 곳에서 책을 읽기로 했다.

종려나무 사이에 숨어 들어가 책을 펼쳤다.

그때 누군가가 정원에 들어온 기척이 났다.

아까 후미코가 돌려보낸 처녀가 조심조심 걸어오고 있었다. 필시 정원으로 통하는 건물 뒤편의 나무 쪽문이 열려 있었고 누군가가 열고 들어오는 것을 봤을 것이다. 처녀는 주위를 두리번거리며 살피다 건물을 올려다보더니 안을 들여다봤다.

그때 하필 연결 복도를 지나가던 사람이 '민달팽이'였다. '민달팽이'는 전날 밤에 혼자 와서 묵고 있었다. '민달팽이'는 이 처녀에게 눈을 멈추었다. 그 눈에 흥미로워하는 기색이 비치더니 무슨 일인지 알겠다는 모습이 엿보였다.

"무슨 볼일이라도?"

'민달팽이'가 신사적으로 말을 걸었다. 겉으로만 봐

서는 말쑥한 사내다. 차분한 목소리에 세련된 말씨를 사용한 그를 처녀가 첫눈에 신뢰했다는 것을 알 수 있었다.

"저기, 사람을 찾고 있어요."

"어떤?"

"삼십 대 중반쯤 되는 남자인데요."

처녀는 매달리듯 '민달팽이'에게 바싹 다가섰다.

'민달팽이'는 생각하는 척을 하더니, "자, 여기서 이럴 게 아니라 안에 들어가서 듣도록 하죠" 하고 처녀에게 복도로 올라올 것을 권했다. 처녀는 머뭇머뭇했다.

"어서요. 누가 보면 곤란하잖습니까."

'민달팽이'는 좌우를 살피며 처녀에게 손짓했다.

처녀는 황급히 구두를 벗었다. '민달팽이'는 연결 복도에 올라오려는 처녀의 팔을 붙잡아 거들었다.

'민달팽이'가 처녀의 곱고 가녀린 팔을 단단히 붙잡는 것을 보자 불길한 예감이 들었다. 처녀의 연지색 하이힐이 한 짝이 쓰러진 채 땅바닥에 남겨진 것이 그녀의 운명을 암시하는 것만 같아 나는 숨을 멈추고 책을 꼭 끌어안았다.

어떡하지? 후미코에게 가서 말해야 할까.

나는 고민했다. 하지만 몸은 돌덩이가 된 것처럼 움직여지지 않았다.

아까 그 사람은 여기 오지 않은 거다. 알겠지?

후미코의 목소리가 머릿속에서 울린다. 후미코에게

말했다가는 호되게 야단맞을 것 같았다.

아까 그 사람은 여기 오지 않은 거야. 그래, 그게 사실이야.

나는 스스로를 타이른 뒤 책을 펼쳐 애써 내용에 집중하려 했지만 글자가 미끄러지기라도 하듯이 머리에 아무것도 들어오지 않았다.

그로부터 두세 시간쯤 흘렀을까.

교류부 안쪽에서 사람들이 당황하며 허둥대는 불온한 낌새가 느껴졌다.

굳은 표정의 사야코가 잔달음을 치며 복도를 뛰어와 카운터 쪽으로 향하는 것이 보였다.

그러자 험악한 표정의 후미코가 사야코와 함께 돌아왔다가 교류부 안쪽으로 향했다. 후미코는 도중에 뒤돌아서서 소리쳤다.

"차 불러. 와타나베 씨를 불러와."

나는 숨을 죽이고 몸을 움츠린 채 복도를 살폈다.

잠시 후 사야코와 후미코 사이에서 안기다시피 부축을 받으며 나온 것은 그 처녀였다. 사야코의 카디건을 걸치고 있지만 온몸을 바들바들 떨고 있고 제대로 걷지 못하는 것 같았다. 헝클어진 머리와 찢어진 입술, 눈에는 초점이 없었다. 블라우스 자락은 스커트 위로 나와 있고 맨발이었다.

"의사한테."

사야코의 말에 처녀가 움찔 반응했다. 한순간 눈에

초점이 돌아왔지만 완강히 고개를 흔들었다.

"안 돼요, 의사는 안 돼요."

"입이 무거우니 걱정할 것 없어요. 오랫동안 신세진 단골 의사예요."

"안 돼요. 안 된다고요."

후미코가 설득해도 처녀는 고개를 세차게 흔들며 복도에 웅크려 앉았다.

"보지 말아요. 보지 말라고요!"

처녀는 사야코와 후미코의 시선을 피해 머리를 싸쥐고 다시 온몸을 심하게 떨었다.

사야코와 후미코는 이러지도 저러지도 못하고 말없이 처녀를 내려다봤다. 그때 현관 쪽에서 자동차 경적소리가 났다.

"알겠어요. 의사한테는 안 가도 되니 집으로 돌아가요. 차가 왔으니까. 알겠죠?"

후미코가 처녀의 귓가에 속삭였다. 처녀는 희미하게 고개를 끄덕인 것처럼 보였다.

다시 두 사람이 처녀를 부축해 일으키고 구두를 신겨서 나무 쪽문 밖으로 데리고 나갔다.

나직한 대화 소리가 들린 뒤 자동차 문이 닫히고 멀어져가는 소리가 났다.

사야코와 후미코가 지친 얼굴로 돌아왔다.

"정말이지 왜 하필…… 운이 나쁜 것도 정도가 있지."

후미코가 씁쓸한 표정으로 내뱉듯이 중얼거렸다.

"사사노 선생님에게는, 이 일을."

사야코가 창백한 얼굴로 후미코를 봤다.

"조만간 들통나겠지."

후미코도 사야코를 보면서 어두운 표정으로 말했다.

그로부터 30분쯤 지나서 와이셔츠를 입은 초로의 남자가 헐레벌떡 뛰어 들어왔다.

아까 처녀를 태우고 떠난 자동차 운전사였다.

처녀는 커브 길에서 속도를 늦춘 차에서 뛰쳐나와 시냇물 위에 놓인 돌다리 난간을 넘어 계곡에 몸을 던진 것이다. 다리 위에는 사야코의 카디건이 홀로 허물처럼 남아 있었다고 한다.

25 —————————————————

유곽이 발칵 뒤집혔다. 소방대가 출동해 처녀의 행방을 찾기로 한 모양이지만, 날도 저물어가고 며칠 전에 내린 큰비로 인해 물이 불어나 수색은 난항을 겪을 것 같다고 했다.

오는 도중에 난리가 난 이유를 들었는지, 자작이 새파랗게 질린 얼굴로 카운터 쪽에서 급히 뛰어왔다. 종업원들도 분주하게 뛰어다녔다.

나는 여전히 종려나무 사이에서 꼼짝도 하지 못하고 있었다. 돌덩이가 된 것처럼 몸을 움츠리고 상황을 지켜보는 것밖에 할 수 있는 것이 없었다.

추월장에는 밤의 등불이 켜져 복도는 흡사 극장의 무대 같았다.

자작이 흠칫 놀라더니 얼어붙은 듯이 걸음을 멈추었다.

사사노가 온 것이다. 그가 느긋한 표정으로 손을 들

어 가볍게 인사했다.

"오, 자작, 안녕하신가. 여기는 양수 속 같은 신기한 장소란 말이지. 자도 자도 얼마든지 또 잘 수 있거든."

사사노는 아직 아무런 이야기도 듣지 못한 듯했다.

자작도 사사노의 모습을 보고 바로 알아차렸는지 선뜻 입을 열지 못하고 있다.

"그런데 아까부터 영 부산스러운데, 무슨 일 있나? 아, 미안한데 담배 하나만 나눠주겠나?"

사사노는 카운터 쪽을 들여다보는 시늉을 하며 자작에게 손을 내밀었다.

자작은 말없이 담배를 꺼내 불을 붙여주며 조용한 목소리로 말했다.

"사사노, 부디 흥분하지 말고 들어주게."

사사노가 어리둥절하게 쳐다보자 자작은 사사노의 귓가에 뭐라고 속삭였다.

사사노의 눈이 휘둥그레지더니 자작을 뚫어지게 본다.

자작이 고개를 끄덕였다.

사사노는 순식간에 얼굴이 새파랗게 질리며 덜덜 떨기 시작했다. 손에서 떨어진 담배를 자작이 황급히 주웠다.

"하쓰코…… 하쓰코 씨…… 말도 안 돼."

사사노는 차마 말이 나오지 않는지 입만 벙긋대며 카운터 쪽으로 비틀비틀 뛰어갔다.

아마 후미코가 어떻게 된 일인지 알려줬으리라. 사

사노는 넋이 나간 듯이 비틀거리며 돌아왔고, 곧 쓰러질 듯한 그를 자작이 부축했다.

"사사노, 정신 바짝 차리게."

그때 그림자가 불쑥 튀어나왔다.

"오늘 밤은 유난히 시끌벅적하군."

놀랍게도 '민달팽이'가 나타난 것이다.

자작과 사사노, 그리고 나도 흠칫 놀라 '민달팽이'를 봤다.

'민달팽이'는 죄스러운 기색 하나 없이 하품을 했다. 아무래도 방에서 자고 있었던 모양이다. 아직 돌아가지 않았던 것이다.

불온한 침묵이 세 사람 사이를 지배했다.

사사노는 부들부들 떨며 '민달팽이'를 매섭게 쏘아봤다.

자작이 싸늘하게 말했다.

"아까 젊은 아가씨가 저쪽 다리에서 몸을 던졌네. 소방대가 수색 중이지."

"흐음. 수고가 많군. 이 부근은 해가 빨리 지는데. 오늘은 이미 글렀겠어."

'민달팽이'는 조금도 동요하는 기색 없이 기지개를 켰다.

"네 이놈. 하쓰코를…… 하쓰코에게…… 네놈이!"

사사노가 '민달팽이'에게 달려들어 그를 붙들고 늘어졌다.

"짐승 같은 놈이! 하쓰코를! 죽여주마!"

그러나 '민달팽이'는 마치 강아지가 장난치며 들러붙었다는 듯이 그를 상대하지도 않았다. 두 사람의 체격은 한눈에 봐도 차이가 확연했다. '민달팽이'는 시끄럽다는 표정을 짓더니 사사노를 홱 뿌리쳤다.

꼴사납게 내동댕이쳐진 사사노는 맥없이 마룻바닥에 납작 엎드렸다.

"그 여자는 '남자를 찾으러' 왔다고 했다. 여기가 어떤 곳인지 모르고 왔을 리는 만무하지. 여기서 '남자를 찾는'다고 하면 의미하는 건 하나밖에 없지 않느냐. 달리 남자가 보이지 않기에 내가 상대해줬을 뿐이다."

'민달팽이'는 유들유들하게 말했다.

"죽여버리겠어, 죽여버릴 거다."

사사노는 살의에 찬 눈으로 '민달팽이'를 올려다보며 불끈 쥔 주먹을 바닥에 내리쳤다.

그러나 '민달팽이'는 생각났다는 듯이 허공을 올려다봤다.

"그러고 보니 그 여자, 실컷 즐기고 갔으면서 돈을 내지 않았군. 아비한테 대신 내라고 해야겠어."

"그만 좀 하게."

자작이 호되게 소리쳤다.

"계속하면 이번에는 정말 자네를 경멸하겠네."

늘 온후한 자작으로서는 드물게 노기와 모멸이 서린 목소리에, 나는 숨이 막혀 몸을 더 작게 움츠렸다.

"경멸. 하, 어째서지?"

'민달팽이'가 진심으로 이해할 수 없다는 표정을 지어 자작은 당황한 듯했다.

하지만 정신을 가다듬고 말했다.

"자네 자신이 한 짓을 생각해보게."

"매음굴에 남자를 낚으러 온 여자를 상대해줬는데, 그게 뭐가 나쁘다는 거지?"

"궤변은 그만둬."

"적어도 나는 내 힘으로 생활비를 벌어서 여자를 사러 왔어."

자작이 불끈 화가 치미는 얼굴을 했다.

"나는 그렇지 않다고 말하는 건가? 나 역시 일을 하고 있네."

'민달팽이'가 가소롭다는 표정을 짓더니 자작의 얼굴을 들여다봤다. 자작이 반사적으로 몸을 뒤로 뺐다.

"마쓰다무역. 극동개발. 제도상회. 당신 조부와 종조부, 그리고 사촌의 회사지. 각 회사마다 일주일에 하루나 이틀 얼굴만 삐죽 내미는데 어마어마한 금액의 임원 보수를 받고 있다지. 팔자가 좋으시네."

자작은 흠칫 놀란 듯이 '민달팽이'를 봤다.

"그걸 어떻게."

"지인에 관해 조사하는 취미가 있거든. 내가 어울리는 인간이 어떤 놈인지 알아두고 싶어서 말이야."

자작은 꺼림칙하다는 듯 '민달팽이'를 관찰했다. 어

디까지 알고 있을까, 하는 표정이다.

'민달팽이'는 성글성글 웃으며 자작의 얼굴을 봤다.

"이봐요, 자작 나리. 애초에 이런 데서 나하고 말을 섞고 있는 것 자체가 당신과 내가 같은 부류임을 나타 낸다는 거, 잊지 마쇼. 그리고 당신은 경멸할 상대를 잘 못 알고 있어."

'민달팽이'는 비웃음을 띤 채, 바닥에 주먹을 박고 울고 있는 사사노 앞으로 천천히 다가가 그 정면에 가만히 쭈그려 앉았다.

"그 여자, 임신했던데."

사사노가 움찔하더니 온몸을 떨었다. 자작도 놀라서 사사노를 봤다.

"애 아빠는 당신이겠군, 선생."

'민달팽이'가 상냥한 목소리로 말했다.

"그러니까 그런 양갓집 규수가 기어코 이런 산골의 매음굴까지 배 속 애 아빠를 쫓아온 거지. 필시 용기를 짜내어 간신히 왔을 터인데."

사사노의 옆얼굴이 떨고 있다.

"나를 원망하는 건 얼토당토않은 짓이다. 그 여자와 배 속 아기를 죽인 건 당신이라고, 선생."

사사노는 "끄악" 하고 비명을 지르며 머리를 싸쥐었다.

"다행이군, 선생."

'민달팽이'는 사사노의 어깨를 다정하게 토닥토닥 두드렸다.

"이제 도망 다니지 않아도 되니 말이야. 집에 돌아갈 수 있겠어."

'민달팽이'는 흐느껴 울기 시작한 사사노를 빤히 바라보며 일어선 뒤 자작에게 시선을 돌렸다.

자작은 얼굴이 새파랗게 질렸지만 '민달팽이'의 시선을 피하지 않았다.

"이 남자를 잘 보슈, 자작 나리."

'민달팽이'는 턱짓으로 사사노를 가리켰다.

"이놈이 울고 있는 건 슬퍼서가 아니야. 저 눈물은 안도의 눈물이지. 아, 이제 하계로 돌아갈 수 있구나, 하고 안심하는 거라고. 게다가 놈에게는 이번 일로 새로운 쓸거리까지 생겼지. 최근에 글이 막혔다고 하던데. 일석이조다. 양갓집 규수와 제 자식을 제물 삼아서 있는 힘껏 눈물샘을 자극하는 '문학' 나부랭이를 쓰겠군. 무조건 잘 팔릴 거다."

자작은 말이 없었다. '민달팽이'는 유유히 자리를 떴다.

사사노의 흐느낌이 복도에 끊임없이 울려 퍼졌다.

26

나는 피하고 있다.

피하고 있다. 또 순서를 알 수 없게 됐다.

기억 속에서 계속 맴돌고 있다.

어째서일까. 오히려 다른 이야기는 하지 않은 채 그 기억만 간직하고 싶고 그 풍경만 바라보고 싶은데.

하지만 그 소중한 기억을 보물 상자에서 살며시 꺼내려 하면 머릿속이 찌르르 저려온다. 열이 심하게 났을 때처럼 머리가 무겁고 조금이라도 움직이려 하면 지끈지끈 아파온다.

소중한 장면, 소중한 얼굴 위에 먹물이라도 칠한 듯이 검은 얼룩이 생기고 그 얼룩은 순식간에 번져서 화면을 시커멓게 만든다. 연필을 쥐고 글을 마구 써 내려갈 때처럼 사각사각, 사각사각 하는 소리가 난 뒤 그 사람의 얼굴은 보이지 않게 된다.

통증을 견디다 보면 항상 그 개가 생각난다.

가엾은 떠돌이 개. 유난히 몸통이 길고, 뼈에 가죽만 씌워놓은 듯 바싹 마른 얼굴이 찌그러진 개.

자기 꼬리를 물려고 말뚝 주위를 끝없이 뱅글뱅글 돌고 있었다. 보는 사람이 현기증이 날 만큼 개는 집요하게 말뚝 주위를 돌고 있었다.

붉은 개가 가장 맛있는데.

누군가의 말소리가 났다.

내륙부에서는 날이 저물면 기온이 금방 내려가. 그 야말로 발밑에서부터 얼어붙는 듯한, 땅속 깊은 곳에서 얼어붙은 증오가 온몸에 쫙 퍼지는 듯한 살을 에는 추위지.

그럴 때 놈을 잡아먹는 거야. 냄비에 보글보글 끓여서.

조금만 있으면 후끈후끈 몸속부터 따뜻해지지. 혈액 순환이 활발해졌다는 게 확연히 느껴진다니까. 붉디붉은 피가 온몸을 돌고 도는 게 느껴져.

저런 개를 먹는단 말인가. 저렇게 뼈와 가죽밖에 없는, 말뚝 주위를 뱅글뱅글 돌기만 하는 개를.

린이 개에게 밥을 주고 있다.

후미코는 개를 길들이면 안 된다고 입이 닳도록 주의를 주었지만, 린은 개에게 꼬박꼬박 밥을 주었다. 몰래 나와서 산비탈을 향해 낮게 휘파람을 불면 어디선가 개가 나타나는 것이다.

린은 몸을 웅크린 채 쪼그려 앉아 밥 먹는 개를 구경

하고 있었다. 개에게서 자신의 모습을 겹쳐 보고 있었을지도 모른다.

개는 말랐고 얼굴이 찌그러져 있었다. 새끼 때 얼굴을 깨물렸을지도 모른다. 쓴웃음을 짓는 것처럼 보이기도, 울상을 짓는 것처럼 보이기도 했다.

아마 보는 사람에 따라 다른 얼굴로 보이리라.

개를 보면 린처럼 빨려 들어가듯 가까이 다가가는 사람과, 아주 조금 시야에 들어왔을 뿐인데 뱀이라도 본 듯이 괜히 봤다며 질겁하는 사람으로 반응이 극명히 갈렸다.

개의 유일한 장점은 함부로 짖지 않는다는 것이었다.

약한 자의 슬픔인지 눈앞의 상대를 잘 살펴보고 정말로 폭력적인 존재인지 아닌지를 순식간에 간파한다. 그리고 간파하자마자 경계심을 드러내며 몹시 무서운 소리로 짖어대고 뒷걸음질로 도망가는 것이다.

생김새는 흉하고 말라서 털도 푸석푸석했지만, 왠지 한때는 사람 손에 길러진 집개가 아니었을까 하는 생각이 들었다. 완전한 들개가 되지 못해 이따금 사람의 체취를 그리워하는 듯한 표정을 보이곤 했기 때문이다.

린은 개를 아끼고 예뻐했지만 이름은 지어주지 않았다. 그래서 개는 언제까지고 그냥 개로, 얼굴이 찌그러진 붉은 개일 뿐이었다.

나는 그 개가 싫었다.

그저 약하기만 한 개가 동정심을 찾아 겁먹은 얼굴

로 와서 게걸스럽게 밥 먹는 모습.

약한 자의 비굴함, 눈치를 보는 느낌, 그런 것이 마치 내 모습을 보는 것 같아서 격한 혐오감이 일었다.

그렇지만 손님이 개를 불쌍해하기는커녕 재미 삼아 돌팔매질을 하거나 막대기로 치면 내가 맞는 것처럼 가슴이 아팠다. 그런 짓을 하면 안 된다, 작고 약한 존재를 괴롭히면 안 된다고 마음속으로 연신 소리를 질렀다.

개는 며칠 연속으로 올 때도 있고 한동안 모습을 보이지 않을 때도 있었다.

모습이 보이지 않는 편이 마음이 편했지만, 한동안 보이지 않으면 그건 또 그것대로 걱정되기 때문에 신경에 거슬리면서도 마음이 쓰이는 존재였다.

그렇다. 개다. 아니, 그렇지 않다. 개를 보고 있다.

개 이야기를 하고 싶은 것이 아니다. 아니, 역시 개 이야기인 걸까.

아아, 또 같은 곳을 맴돌고 있다.

개를 보고 있던 그날.

그 사람이 개를 보고 있을 때 눈에는 아무런 기색도 떠올라 있지 않았다.

사사노처럼 혐오하면서도 공감하는 기색을 보이거나 그냥 떠돌이 개라고 한 번 힐끗 보기만 하는 자작과는 달리, 그의 눈은 한없이 공허하고 개의 모습 너머로 어딘가 먼 곳을 보고 있었다. 그곳에 있는 것은 개가

아닌, 개라는 이름의 투명이며 개라는 이름의 허무라
는 듯이.

붉은 개도 그 사람 때문에 당황하는 것 같았다.

그가 보는 자신이 투명하고 허무한 존재라는 것을
알고 있다는 듯이 꼼짝 않고 덩그렇게 서 있다.

나는 그 광경에 몸서리치면서도 눈을 뗄 수가 없었
다. 어쩌면 나는 그 개를 시샘했을지도 모른다. 기묘한
균형을 이루어 누구도 가로막거나 끼어들 수 없는 그
의 그 시선을 독점하고 있는 것에 대해.

27 ────────────────

사사노는 '하계'에 내려가지 않았다.

그 전까지도 하루 종일 이불 속에서 뒹굴며 지내긴 했지만, 그 일이 있고 난 후에는 꼼짝 않고 이불 위에서 멍하니 무릎을 끌어안고 있었다.

양갓집 규수의 시신은 며칠 뒤 하류 쪽으로 한참 내려간 곳에서 발견되었다. 훼손이 심해서 정말 그녀가 맞는지 확인하느라 애를 먹었다고 한다.

규수의 죽음은 한동안 표면화되지 않았지만 이윽고 사건기자들이 냄새를 맡아 세상에 알려졌다. 어디서 새어나갔는지 규수가 사사노의 아이를 가졌다는 사실도 드러났다. 배 속 아이의 아버지인 사사노를 찾아 산야를 헤매고 다니다 절망하여 다리에서 몸을 던지기까지의 자초지종을 마치 직접 본 것처럼 상세하고 선정적으로 쓴 기사가 가십지 1면을 대문짝만하게 장식했다.

'하계'는 이 스캔들로 난리가 났다. 사사노의 지금까지의 여성 편력, 동인지 회원 간의 복잡한 남녀 관계 등이 자극적인 기사로 다루어지면서 사사노가 지금 어디에 있는지가 세간의 주요 관심사로 떠올랐다.

기자들은 행방이 묘연한 사사노 대신 그의 불쌍한 아내에게 떼로 몰려갔다. 아내는 세간의 조소와 연민에 꿋꿋하게 버티며 기자들이 아무리 추궁해도 사사노가 추월장에 있다는 것을 절대로 밝히지 않았다.

규수가 정원에 몰래 숨어들어 비참한 최후를 맞이한 것을 후미코와 어른들은 교훈으로 삼았다.

건물 뒤편의 나무 쪽문에는 자물쇠가 굳게 채워지고 어느새 현관 부근에는 처음 보는 남자들이 그림자처럼 경비를 서고 있었다.

그들에게 위화감을 느낀 것은 몇 시간 간격으로 말없이 경비를 교대하는 모습을 봤을 때다. 남자들은 모두 길거리에서 흔히 볼 수 있는 회색 윗도리와 바지, 흰 셔츠 차림이었지만, 윗도리 어깨 부분 위로 불거진 모양은 내가 알고 있는 옷 모양이었다. 그렇다, 그 목 아래로 폭력적인 것을 장착하고 있는 '카키색' 남자들.

지금 생각하면 그 무렵 추월장의 경비를 선 것은 군부 쪽 사람이었던 것 같다. 나는 그것이 비정상적인 일이라는 생각은 하지 못했지만 무의식적으로는 알아차렸던 것이다.

자작의 이야기에 따르면 '민달팽이'는 후에 '규수의

마지막 날의 행적을 아는 사람'으로서 그녀의 부유한 아버지를 찾아갔다고 한다. 그는 자신이 '산골의 온천 여관에 묵고 있었는데', 사사노를 찾아 헤매다 지친 몸으로 흘러든 규수가 신세타령을 늘어놓아 '육친처럼' 들어주는 사이 '자포자기한' 규수가 '몸을 내맡겼다'고 담담히 설명한 뒤, 그 아버지로부터 '딸의 마지막 행적을 알려준 답례'로 적지 않은 액수의 돈을 받았다고 한다.

자작은 '민달팽이'의 행태가 비열하기 짝이 없다고 분노하며 몸을 떨었지만, 그가 자신의 사생활을 다 알고 있었던 것이 상당히 충격이었는지 그날 이후 '민달팽이'와 마주치지 않으려 애쓰는 것 같았다.

한편 세간에서 떠들어대든 말든 그 중심에 있을 터인 사사노 자신은 완전히 공허했다.

비극의 원인이 자기 자신에게 있다는 것도, 동정의 여지가 없다는 것도 누구나 아는 사실이었다. 그래도 사사노는 모두에게 사랑받았기 때문에 모두가 그를 배려해서 보고도 못 본 척을 하다 보니 정말로 그가 '보이지 않게' 됐다. 실제로 그의 지정석인 별채 구석 이부자리 위에 시선을 던져도 문득 그곳에는 아무것도 '없다'고 착각하는 일이 종종 있었다. 원고지를 채우는 일도 없이, 이제 술과 담배로 도망갈 기력도 없이 속이 텅 빈 고목이 세상에 외따로 남겨진 것처럼 그에게는 중력조차 느껴지지 않고 그저 그곳에 '있었다'.

어느 날 아침 나는 사사노의 방 앞을 지나가다 별생

각 없이 그의 이부자리를 봤다.

사사노는 그곳에 '있었'지만 그라는 인물의 질량은 이미 존재하지 않았다.

가슴이 덜컥한 나는 발을 멈추고 사사노를 뚫어지게 쳐다봤다.

이제 사사노에게는 얼굴이 없었다. 윤곽도 없었다. 그는 내 눈에 '보이지'조차 않았다.

나는 그 사실이 슬펐다. 한순간에 타인을 매료하는 사사노의 그 해맑은 미소는 이제 지상 어디에도 존재하지 않았다.

그는 이제 곧 세상에서 소멸해버린다. 이곳에서 떠나버린다. 그런 어두운 예감이 아침의 복도에 선 내 작은 몸을 쓸쓸히 채우고 있었다.

그때 뒤뜰에서 뭔가가 번쩍 빛났다.

놀라서 뒤돌아보자 눈부신 빛이 연신 터지는 바람에 순간 앞이 보이지 않았다.

그 자리에 우뚝 서 있는데 누군가 뒤뜰 앞을 뛰어가는 소리가 났다.

그것이 카메라 플래시임을 알아차린 사람은 걸레질을 하고 있던 히사 씨였다.

그녀의 움직임은 예상 외로 민첩했다.

"누가 좀 와봐! 뒤뜰에 도둑이 있어!"

그 굵게 부르짖는 소리는 평소와는 다른 사람처럼 날카롭고 무시무시했다.

"사진을 찍었어!"

그 순간 뭔가가 각성한 것처럼 느낀 것은 내 기분 탓이었을까.

평소에는 붕 떠 있는 추월장, 뭔가에 정신이 팔려 있는 추월장.

그것이 잠깐 사이 진실한 모습을 드러낸 듯한, 껍질이 훌렁 벗겨져 생생한 뭔가가 훤히 드러난 것처럼 느껴진 것은.

놀랍게도 여기저기서 사람들이 몰려나왔다.

맨 먼저 마사 씨가, 이어서 현관 근처에서 흰 셔츠 차림의 남자들이.

회색 헌팅캡을 쓴 남자가 뒤뜰을 쏜살같이 뛰어나가 나무 쪽문을 밀어젖혔다. 그가 품에 안은 헝겊 자루에서 카메라와 공구 같은 것이 언뜻 보였다. 어느 틈엔가 자물쇠는 부서지고 문틈이 벌어져 있었다. 아마 경비의 긴장이 느슨해지는 새벽녘을 기다렸다가 자물쇠를 채워둔 쇠사슬을 끊었을 것이다. 그리고 뒤뜰에 숨어 아침이 오기를 기다린 뒤 사사노가 있는 방의 장지문이 열릴 때를 노려 카메라를 들고 사진을 찍을 준비를 했던 것이다.

나는 돌덩이가 된 것처럼 그 자리에 서 있었다.

플래시 소리의 잔혹함과 폭력적인 눈부심에 충격을 받아 움직일 수가 없었다.

멀리서 다급하게 뛰어다니는 소리와, 비명과 고함

같은 소리가 들렸다.

마치 처녀가 몸을 던졌을 때 같았다.

그때 일을 떠올리자 몸이 움츠러드는 기분이 들었다. 나는 복도 구석에 맥없이 주저앉아 내 몸을 껴안듯이 웅크렸다.

꽝꽝, 하고 기분 나쁜 종소리가 맥박에 맞춰 온몸을 울린다.

아프다, 머리가 아프다. 온몸에 식은땀이 쏟아졌다.

아니, 아픈 곳은 심장일까. 아니면 몸 전체의 피부일까. 통증이 어디서 오는지 알지 못해 혼란스러웠다.

히사 씨가 사사노가 있는 방의 장지문을 닫았지만, 이 소란에도 사사노는 아무런 반응도 하지 않았다. 미동도 않고 같은 차림으로 계속 앉아 있는 것이 분명했다.

잠시 후 살벌한 기운이 다가오는 것이 느껴졌다. 다네히코 씨가 남자의 목덜미를 잡아끌고 뒤뜰로 돌아온 것이다. 남자의 몸에는 여자가 기모노를 입을 때 띠 속에 동여매는 주홍색 헝겊 끈이 칭칭 감겨 있었다. 와장창, 마사 씨가 남자의 짐을 땅바닥에 내던졌다. 남자가 앗 소리를 질렀다. 카메라가 걱정되는 모양이다.

헝겊 끈은 튼튼한 데다 묶어도 몸에 자국이 잘 남지 않기 때문에 옛날부터 유녀를 엄하게 다스릴 때 사용했다고 사야코에게 들은 것 같다.

"도, 돈을 내겠다. 이걸 거금을 주고 사줄 만한 곳이 있어. 거짓말이 아니라니까. 반드시 돈을 가져올 테니 반씩 나눠 갖자고."

나는 가까운 창문으로 살그머니 다가가 뒤뜰의 상황을 살폈다. 마사 씨와 흰 셔츠 차림의 남자 두 명이 다네히코 씨가 목덜미를 눌러 꼼짝 못 하게 한 남자를 에워싸고 있었다. 조금 떨어진 곳에 후미코의 모습도 있다.

남자는 얼굴을 붉으락푸르락하며 초조해했다. 네모로 각진 얼굴을 한, 밑바닥부터 아득바득 올라왔다는 것이 한눈에 보이는 남자였다.

"여긴 누구한테 듣고 왔지?"

마사 씨가 조용히 물었다. 남자는 당황한 듯이 마사 씨와 다네히코 씨를 올려다봤다.

"저 작가 선생의 친구라는 사내였는데, 선생네 동네의 싸구려 술집에서 들었지."

"뭘 찍었나?"

마사 씨가 다시 물었다. 나는 그 조용한 목소리가 불안하고 무서웠지만, 남자는 마사 씨가 화나지 않았다고 착각했는지 오히려 안도하는 표정을 지었다.

"그야 작가 선생이지, 그 미인을 꾀어 다리에서 몸을 던지게 한 호색한 말이야. 거참, 부러운 양반이라니까, 안 그런가?"

남자가 간들거리는 목소리로 야비하게 말했다.

"아주 얼이 쑥 빠졌던데, 어찌나 놀랐던지. 저런 모습을 공개하면 오히려 세간의 동정을 끌 수 있다니까. 작가 선생한테도 나쁘지 않은 얘기잖아."

남자는 입을 쉴 새 없이 나불댔다.

"웬 꼬마가 같이 있던데, 유녀의 자식인가? 설마, 선생의 숨겨둔 자식은 아니겠지? 그래야 더 흥미진진한 기삿거리이긴 한데 말이야. 이 여자 저 여자와의 사이에서 태어난 자식을 여기서 키우고 있다, 뭐 그런 사연은 아니겠지."

가소롭게도 껄껄대며 웃는 남자와는 대조적으로 그를 에워싸고 있는 남자들은 무표정으로 서로 눈짓을 교환했다.

"……찍었군, 아이 사진도."

마사 씨가 낮게 중얼거렸다.

남자는 득의양양하게 고개를 끄덕였다.

"녀석 참, 조그만 주제에 앞날이 두려울 만큼 예쁘게 생겼던데. 머지않아 돈을 왕창 벌어들이겠구먼."

남자는 실실 웃었다. 아첨을 하느라 뱉은 말이겠지만, 주위 남자들의 얼굴은 험악해지기만 할 뿐이다.

"입 다물어."

다네히코 씨가 인상을 쓰며 남자를 툭 쳤다.

남자는 자신의 몸에 손을 댄 다네히코 씨를 보고 문득 뭔가 기억났다는 듯이 그 얼굴을 빤히 들여다봤다.

"……자네, 어디서 본 적이 있는데."

모두가 흠칫 놀라는 것을 알 수 있었다.

"이자를 아는가?"

마사 씨가 남자 쪽으로 한 걸음 다가갔다.

"그래, 알지. 이 얼굴, 전에도 본 적이 있어."

남자는 고개를 끄덕이면서 가만히 생각에 잠기나 했더니 갑자기 다네히코 씨의 얼굴을 홱 올려다봤다.

"옳지, 그래, 도비타야."

눈을 휘둥그렇게 뜨고 연신 고개를 끄덕인다.

"맞아, 자네는 도비타 다네히코가 틀림없어. 나요로의 괴동이라 불렸던."

그 순간 모두가 다네히코 씨를 쳐다봤다.

나요로의 괴동.

나는 무슨 뜻인지 알지 못했다.

다네히코 씨는 멍하니 입을 벌리고 남자를 보고 있다.

"햐, 깜짝 놀랐구먼. 설마 이런 데서 만날 줄이야. 나도 저쪽 출신이라 자네 어렸을 때부터 이름은 알고 있었지. 하마터면 놀라 자빠질 뻔했네."

남자는 다시 거침없이 말을 쏟아놓았다.

"이놈이 저쪽에서는 어렸을 때부터 유명했거든. 덩치도 크고, 유도로는 도내에서 이길 자가 없었지. 후쿠로야마 도장에 입문이 결정되고, 아마 선수에게 주어지는 호칭도 받았을걸."

흥분한 남자와는 대조적으로 다네히코 씨는 얼어붙은 듯이 얼굴이 창백했다.

남자는 과장된 연극조로 고개를 절레절레 흔들었다.

"그게 바로 비극이었지. 이놈은 덩치가 커서 일찍부터 아버지와 형을 따라 산에 들어갔는데 어마어마한 낙

반 사고가 일어난 거야. 아버지와 형은 살아남지 못했지. 다행이 이놈은 구조가 됐는데, 산소 결핍이라고 하나, 숨을 못 쉬어서 뇌가 조금 죽어 버렸다더군. 그랬더니 마치 딴사람이 된 것처럼 사람이 확 달라져서 유도고 뭐고 다 소용없게 됐지."

이곳에 있는 사람들 아무도 모르는, 심지어 본인조차 모르는 과거를 헝겊 끈에 단단히 묶인 처음 본 남자가 떠들어대는 것을 모두가 숨을 죽이고 듣고 있었다.

"좁은 곳이나 어두운 곳은 아예 들어가지도 못하게 됐다고 하더군. 유도 사범이 자주 문병을 와서 치료해 주려고 했는데, 도저히 안 됐던 모양이야. 급기야 이놈은."

남자는 잠시 말을 끊고 극적인 효과를 노리듯이 주위 남자들을 노려봤다.

"……동반 자살 소동을 일으켰지."

동반 자살 소동.

그 말도 이때는 무슨 뜻인지 알지 못했다.

"배를 타고 기어코 본토까지 건너가서 한동안 죽지 못해 둘이서 떠돌아다녔나 보더군. 결국 보소(지바현) 부근에서 돈이 다 떨어져서 서로의 손을 끈으로 묶은 채 절벽에서 바다로 뛰어들었지. 저세상에서 함께하겠다는 유서를 남기고 말이야. 상대방의 시신은 며칠 뒤 근처 해변에 떠밀려왔지. 그런데 이놈은 끝내 발견되지 않았어."

뜻밖의 과거에 모두가 놀라워했다. 누구보다 충격을 받은 것은 바로 다네히코 씨일 것이다. 생전 처음 보는 사람이 갑자기 자신의 정체를 밝혔기 때문이다.

"사실 이놈 고향에서 이 얘기는 아무도 모르는 걸로 되어 있지."

남자는 재미있어 죽겠다는 듯이 마사 씨의 얼굴을 봤다.

"왜인지 아나?"

히죽거리며 다네히코 씨를 흘끗 본다.

"동반 자살 상대가, 사내놈이었기 때문이지…… 이놈은 남자와 동반 자살을 했던 거다."

모두가 경악한 듯 다네히코 씨를 봤다.

다네히코 씨의 낯빛은 파리하다 못해 종잇장 같았다.

나는 갈수록 혼란스러웠다. 뭔가 아주 충격적인 일을, 기억이 없다고 하는 다네히코 씨의 옛날이야기를 듣고 있는 듯하지만, '동반 자살'이 무슨 뜻인지 몰랐기 때문에 그저 당황하고 그저 겁에 질릴 뿐이었다.

남자는 자기 이야기가 주위에 미친 영향에 만족했는지 더없이 흐뭇한 얼굴로 고개를 끄덕이며 교활한 미소까지 띠었다.

"햐, 이거, 생각하기에 따라서는 또 다른 특종인데?"

남자가 동의를 구하듯이 주위를 둘러본다.

"죽어버린 사내놈이 마을 높으신 분의 맏아들이란 말이지. 망신을 당한 것도 모자라 대를 이을 아들까지 잃은 그 부모가 자네를 깊이 원망하고 있다고. 자네를 찾아내면 재판까지 가도 이상할 것이 없다니까. 마을에서 명가의 원망을 사면 어떻게 되는지 알지? 마을 사람들이 자네 가족을 오랫동안 따돌렸다고 하던데. 자네 어머니는 들일을 나갔다가 뇌졸중으로 쓰러졌는데 아무도 도와주지 않아서 죽어버렸다더군. 자네의 남동생과 여동생은 결국 마을에서 버티지 못하고 어딘가로 일하러 떠났다고 하고."

다네히코 씨의 머리가 실룩 움직였다.

어머니, 라는 말에 반응한 듯했다.

"이봐, 자네를 봤다는 얘기는 하지 않을 테니, 이것 좀 풀어줬으면 좋겠는데. 이자들을 설득해서 카메라를 돌려주면 눈감아주지."

남자는 몸을 내밀고 다네히코 씨의 얼굴을 연신 들여다봤다.

문득 다네히코 씨의 손이 가늘게 떨리는 것을 알 수 있었다. 다네히코 씨는 땀을 뻘뻘 흘리고 있었다.

그때 후유, 하고 나직한 한숨 소리가 길게 들렸다.

마사 씨였다.

모두가 마사 씨를 봤다.

"수다는 그쯤 해두게."

마사 씨는 매우 조용히 말했다.

"고맙군. 이것저것 친절히 알려줘서."

남자는 어리둥절해하며 마사 씨를 올려다봤다.

"그나저나…… 자네 부모는 자네가 어렸을 때 가르쳐주지도 않았나 보군."

무슨 뚱딴지같은 소리냐는 표정의 남자에게 마사 씨가 살며시 다가가 말했다.

"……입은 재앙의 근원이란 걸."

마사 씨는 남자 앞으로 한 걸음 더 성큼 나아갔다.

"죽은 자는 말이 없다, 라는 것도."

사방이 쥐 죽은 듯 조용했다. 평소에는 눈에 띄지 않던 마사 씨가, 이 순간 갑자기 거대하게 보였다.

마사 씨가 엷게 미소 지었다.

"혼자 온 걸 칭찬해주지. 하긴, 여럿이 함께 오면 인당 가져가는 몫이 줄 테니 당연한 건가. 말주변이 좋은 것치고는 다른 쪽 계산은 허술하군."

"호, 혼자 오지 않았어."

순간 상황의 변화를 감시했는지 남자가 낯빛을 바꾸고 외쳤다.

"밑에서 차가 기다리고 있다니까. 내가 돌아가지 않으면 친구에게 연락이 가도록 되어 있어. 내가 여기 온 것도 모두가 알고 있다고."

"저런, 모두가 알고 있다니."

마사 씨는 여전히 미소를 유지하고 있었다.

"그럼 그 모두가 누구인지 내가 좀 알아야겠는데. 한 명도 빠짐없이 말이네. 틀림없이 모두 자네의 친구인 것을 후회하게 될 테지만."

남자는 입을 뻐끔거리기만 할 뿐 아무 말도 하지 못했다.

얼굴이 창백해진 그는 마사 씨에게서 눈을 떼지 않은 채 뒷걸음질로 다네히코 씨 뒤에 숨으려 했다.

다네히코 씨의 상태가 어쩐지 이상했다. 눈의 초점이 맞지 않고 몸을 부들부들 떨면서 식은땀을 흘리고 있었다. 입속으로 뭐라 중얼거리는 것 같았다.

남자는 다네히코 씨에게 기대듯이 몸을 바싹 붙이고 속삭이기 시작했다.

"이봐, 도비타. 자네라면 이길 수 있잖아. 괴동이라 불린 자네라면 이까짓 놈들하고는 상대도 안 된다고. 제발 살려줘, 부탁이야. 자네를 봤다는 얘기는 결단코 아무에게도 하지 않을 테니까. 좀 놔줘. 차라리 나하고 같이 도망가자고. 살려줘. 작가 선생의 사진을 팔면 돈은 몽땅 자네한테 주겠네."

남자는 갈수록 말이 빨라지고 목소리는 날카로워졌다.

그러나 다네히코 씨는 아무런 반응이 없다.

"이봐, 도비타, 이봐."

남자는 비명을 지르듯 외쳤다.

돌연 다네히코 씨가 짐승처럼 나지막하게 신음하기 시작했다.

그 솥뚜껑만 한 손바닥이 남자의 얼굴을 정면에서 콱 거머쥐었다.

참으로 거대한 손이다.

마사 씨의 낯빛이 달라졌다.

"다네, 그만둬."

그가 달려들려던 찰나 다네히코 씨는 고뇌에 찬 비명을 지르며 손을 번쩍 치켜들었다.

"그만둬!"

순간 눈을 감았다.

마사 씨의 목소리를 덮씌우듯 뭔가가 내동댕이쳐져 부서지는, 둔탁한 소리가 났다.

모두가 동작을 멈추고 뒤뜰에는 불길한 침묵이 가득 찼다.

나는 조심스럽게 눈을 떴지만 차마 그곳을 바라볼 수가 없었다.

어느새 내 몸은 우스꽝스러울 만큼 와들와들 떨고 있었다.

정말 떨리는구나. 사람의 몸이란 건 이렇게 한눈에 알 수 있을 만큼 어찌할 도리 없이 덜덜 떨리는구나.

나는 몸을 떨면서도 애써 고개를 돌려 뒤뜰에 흘끗 시선을 던졌다.

다네히코 씨의 손이 땅바닥에 처박히다시피 붙어 있었다. 이상하다, 사람 얼굴을 거머쥐고 있었는데, 머리를 거머쥐고 있었는데 손 밑에는 거의 아무것도 없는 것처럼 보이는 것이 아닌가.

이상하다. 붉고도 검은 것이 다네히코 씨의 손 밑으로 조금씩 퍼져나가는 것처럼 보였다. 이상하다, 그럴 리가.

하지만 땅바닥에 붙어 있는 다네히코 씨의 손 밑에는 남자의 어깨와 등이 흐물흐물 늘어져 있었다. 이상하다. 그럴 리가 없는데.

나는 시선을 돌리고 무릎에 얼굴을 파묻었다.

"다네."

마사 씨가 조용히 말을 붙였다.

"내 말 들리나……? 잘 듣게, 천천히 손을 거둬. 그렇지, 나를 보게."

다네히코 씨가 손을 거두었는지 마사 씨의 목소리에 안도의 빛이 비쳤다.

"내가 알지…… 알다마다, 여기서 자네와 함께 오랫동안 일해온 나, 마사 아닌가."

그의 신중한 목소리가 천천히 이어졌다.

"그러고 보니 아까 이상한 놈이 와서 자네한테 터무니없는 헛소리를 지껄이던데, 다네, 그건 사실이 아니야."

마사 씨는 마침 생각났다는 듯한 어조로 말했다.

"이상하다, 싶은 생각이 들어도 기분 탓이니 괘념치 말게. 아침부터 정신없이 바쁘지 않았는가? 깜빡 조느라 엉뚱한 꿈을 꾼 게지. 그렇지, 다네, 치워야 할 게 있으니 뒤에 있는 헛간에서 짐수레를 가져다줬으면 하는데. 응. 서둘러 치워야 하네. 삽도 필요하군. 자, 어서 다녀오게."

다네히코 씨가 일어서는 기척이 느껴졌다.

저벅저벅, 하고 둔한 소리를 내며 걸어가는 듯하다.

발소리는 서서히 멀어졌다.

발소리가 들리지 않자 그제야 모두가 조용히 한숨을 쉬고 가슴을 쓸어내리는 것을 알 수 있었다.

"제길."

마사 씨가 작게 욕설을 내뱉었다.

"필름만 빼앗고 윽박지르고 협박하면 되겠다 싶었건만."

들려오는 가락 신 소리에, 후미코가 가까이 왔다는 것을 알 수 있었다.

"아니, 어차피 무리였어요. 이놈이 사진을 찍었잖아요. 선생님은 둘째 치고 그 아이까지."

'그 아이'라는 말에 나는 움찔했다.

그 목소리에, 그녀가 '이놈'을 빤히 내려다보고 있는 모습이 눈앞에 그려진다.

"어차피 소용없는 일이었어요."

후미코는 스스로를 타이르듯 중얼거렸다.

마사 씨가 낮게 신음소리를 냈다.

"제길, 이럴 줄 알았으면 내 손으로 할 것을. 다네의 손을 더럽히는 게 아니었어. 불쌍한 것."

마사 씨의 목소리가 어둡다.

"이놈…… 정말 단순히 특종을 노리는 카메라맨일까."

후미코가 낮게 중얼거렸다.

마사 씨가 숨을 삼킨다.

"설마."

두 사람이 소곤소곤 상의를 하지만 목소리가 너무 작아서 잘 들리지 않았다.

무슨 이야기를 하는 걸까. 무슨 일이 일어난 걸까.

문득 나는 아주 가까이에서도 소곤소곤하는 소리가 난다는 것을 알아차렸다.

기분 탓일까. 혹시 내 목소리일까.

그러나 그 소리는 벽 너머에서 들려오는 듯했다.

혹시 이 목소리는.

"하쓰코 씨, 내 해석은 좀 다른데. 아, 과연, 자네는 그런 뜻이었군. 맞아, 하쓰코 씨, 역시 대단하군…… 아주 훌륭해. 하쓰코 씨……."

그것은 오랜만에 듣는 사사노의 목소리였다.

그는 이미 이 세상에 없는 규수와 이야기를 나누고 있었다.

나는 오싹함과 동시에 가슴이 미어지고 콧속이 아려오는 것을 느꼈다.

왜냐하면 벽 너머에서 들려오는 사사노의 목소리가 너무나 다정하고 너무나 행복하게 느껴졌기 때문이다.

28 ─────────────────────

사람은 자기 얼굴을 언제부터 인식하게 될까.

추월장에서 지낼 무렵, 나는 내 얼굴을 본 기억이 거의 없다. 연못에 너울너울 비치는 흐릿한 얼굴이나 어두운 유리창을 스치는 그림자. 그런 것을 본 적은 있지만 그것이 내 모습이라는 생각은 하지 않았던 것 같다.

물론 나랑 똑같이 움직이는 것이 있네, 하는 생각에 물속이나 유리 너머로 잠깐 눈이 마주치기도 하지만 그것을 나와 연결 지어 생각하지는 않았다.

지금 생각해보면 기묘한 일이지만 거울을 봐야겠다고 생각한 적도 없었다.

추월장에서는 여자들이 경대나 손거울을 들여다보는데 그것은 그녀들의 일적인 도구이지, 어리고 아무것도 아닌 내가 같은 도구를 사용할 수 있으리라는 생각은 하지 못했다.

세면실에 네 모서리가 부식된 칙칙한 거울과 현관 벽에 둥근 거울이 걸려 있던 것은 기억한다. 하지만 두 거울 다 내 키로는 얼굴 전체를 비출 수가 없었다. 내 또래 여자아이라도 있었으면 얼굴을 맞대고 지내는 동안 나도 그 아이와 마찬가지로 성장하며 얼굴이 조금씩 바뀐다는 것을 알아차릴 테고 이윽고 호감 가는 얼굴이라든가 예쁘게 생겼다든가 하는 평가를 신경 쓰기 시작했을 것이다.

그러나 내 주위에는 온통 어른이라는 생물밖에 없었고 거울을 보고 외모를 가꾸는 것이 일인 여자들밖에 접하지 못했기 때문에 오히려 겉모습이라는 것을 나와는 관계없는 것으로 여겼다.

그곳에서는 나 혼자만 이질적인 생물이었다. 모두가 나를 아껴줬지만 그것은 내가 이질적이기 때문이라고 느꼈고, 나를 아껴줬을지언정 마치 존재하지 않는 것처럼 다루어진다고 느낀 적도 있었다.

그 탓인지 어느덧 나는 거울을 봐도 그 속에 내가 있다는 것을 알아차리지 못하게 됐다.

아니, 정확히 말하면 나는 거울을 봐도 그 속에 비치지 않았던 것이다.

평소 의식하지 않는 유리문 같은 것에 그림자가 비치는 일이 있다. 복도를 걸어가며 유리 건너편에서 함께 움직이는 그림자가 시야 한쪽에 언뜻 보이는 일도 있다. 하지만 그것은 찰나일 뿐 곧바로 아무것도 보이지 않게 된다.

하지만 거울의 경우는 다르다.

코앞에 거울이 있어 지금 고개를 들면 내 얼굴이 비칠 것이 분명한데도 나는 내가 비치지 않는다는 것을 알고 있는 데다 실제로 고개를 들었는데도 그 속에는 아무것도 없이 등 뒤의 풍경이 훤히 보였다.

그래서 그 일은 큰 계기가 됐다. 그 카메라맨이 추월장에 침입해 목숨을 잃은 사건이, 예기치 않게 다네히코 씨의 출신이 밝혀진 사건이.

아이의 잔혹함과 오만함을 새삼 생각한다.

다네히코 씨의 일격에 머리가 으깨어져 목숨을 잃은 카메라맨은 동정의 여지가 없었다. 그때 그토록 무섭고 끔찍해하며 우스꽝스러울 만큼 온몸을 와들와들 떨었건만, 그것보다 내 마음의 대부분을 차지했던 것은 전혀 별개의 하찮은, 완전히 터무니없는 것이었다. 그러나 그런 사소한 것이 머지않아 생각지도 못한 곳에 모두를 데려가게 될 줄은 몰랐다.

29 —————————————

　사람을 헷갈리게 만든다며 늘 핀잔
을 듣곤 한다.

　네가 잘못한 것이다, 확실히 하지 않고 여지를 주니
까 상대방이 오해하는 것이다, 하고 말이다.

　그것은 어제오늘의 일이 아니다.

　나는 머리가 나쁜 것 같다. 게다가 마음의 작용도 둔
하다. 본 것, 들은 것의 의미를 생각하고 반응하기까지
의 시간이 남들보다 더 오래 걸린다.

　그래서 당시에도 내가 구가하라에게 품었던 마음이
무엇인지 결국 끝까지 알아내지 못했다. 그 감정에 적
절한 말을 부여하는 일 없이 그 흐릿한 감정 속에 갇혀
초조해하고 두려워했다.

　구가하라의 모습을 언뜻 보기만 해도 가슴이 울렁거
리고 그 모습이 뇌리에 새겨진 채 며칠째 사라지지 않

는 것이 무엇을 의미하는지 한 번도 생각해보지 않았다.

지금 같으면 누군가에게 털어놓으라는 조언을 쉽게 접했을 것이다. 속마음 고백이야말로 소녀들과 여자들의 오락이자 휴식이라고 배웠을 것이다.

하지만 과거의 나는 엄두도 내지 못했다. 누군가에게 상담하고 의지하고 부탁하고 털어놓고 느끼는 바를 이야기하는 것. 하나같이 내 선택지에는 포함되지 않았다. 포함되기는커녕 그런 행위를 떠올려본 적조차 없었다.

그럼 지금이라면 그 감정을 뭐라고 부를까.

사랑, 연심, 혹은 연정이라고 부를 수 있을까.

아니, 그 어디에도 해당되지 않는다. 아직도 그 마음을 표현할 수 있는 말을 찾지 못했다. 그 가슴을 죄는 듯한 답답함, 울음을 터뜨리고 싶은 충동을 지그시 견뎌야 하는 절망감, 그런 미칠 것 같은 순간이 누구에게도 알려지지 않고 어디에도 토로되지 못한 채 사라지는 허무함.

그 감정을 반들반들한 도색 전단지나 네온사인에까지 박혀 헐값에 팔리는, 그런 흔해빠진 단어로 과연 부를 수가 있을까.

그러니까 나는 구가하라가 거미줄 무늬 의상을 걸치고 춤추는 모습을 봤을 때부터 그에게 그런 감정을 품었다. 항상 그의 모습을, 얼굴을, 영원히 녹지 않는 사탕처럼 몇 시간이고 반복해서 미련이 남은 것처럼 게

속 빨아 먹었다. 그가 몸 어딘가에 뿌리내려 보글보글 작은 거품을 끊임없이 내고 있었다.

그는 처음 내게 과자를 준 날 밤부터 나를 보면 말을 걸어줬다. 물론 손님과 접촉해서는 안 되지만, 그도 그것을 알고 있었기에 혼자 있을 때 슬며시 혹은 자작이나 사사노와 함께일 때만 말을 붙여줬다.

눈이 빠른 그는 뒤죽박죽 괴상하게 꾸며진 안뜰에 숨어 있는 나를 잽싸게 찾아내고는 빙그레 웃어 보이거나 손을 들어 인사해주곤 했다.

그 미소, 그 순간을 나는 탐욕스럽게 빨아들여 날이면 날마다 질리지도 않고 눈앞에 재현해본다.

그래, 그의 그림을 그려두면 언제든지 그의 모습을 볼 수 있어, 하는 생각이 떠오른 적이 있다. 내가 그린 얼굴이 경탄의 눈으로 "똑같아"라고 말할 정도의 실력이 된 것을 스스로도 알고 있었다. 그래, 그의 그림을 그리자. 스케치북에 그의 다양한 표정을 가득 채우면 언제든지 그를 만날 수 있으니까.

가슴이 뛰었다. 나 스스로도 참으로 근사한 발상이라는 생각에 얼마나 뿌듯했는지 모른다.

두근대는 마음으로 스케치북을 새로 장만했다. 그림을 그리는 것이 내 정서에 좋다고 생각했는지, 화구에 관해서는 거의 원하는 만큼 구해다줬다.

그런데 막상 연필을 쥐어보니 몇 번을 시도해도 그의 얼굴 윤곽조차 그릴 수가 없었다.

이럴 리가 없어, 하고 나는 당황했다. 다른 그림의 경우 한 번 보기만 해도 세세한 부분까지 그릴 수 있었는데, 어째서인지 그의 얼굴은 종이 위에서 상을 맺지 못했다.

지금 같으면 너무 애타게 그리워한 탓일까, 하고 유연하게 넘길 수 있지만 당시에는 죄책감마저 느꼈다. 혹시 기분 나쁜 귀신을 실컷 그려댄 탓이 아닐까 하고 자기혐오에 빠졌다.

사람의 얼굴을 그리는 것으로 나는 어렴풋하게나마 사람의 미추에 관해 생각하게 됐다. 아름답다는 것이 어떤 것인지, 사람이 어떤 것을 아름답다고 하는지 서서히 학습한 것이다.

일반적으로 사람은 아름다운 얼굴을 좋아한다는 것을 알았다.

추월장에 오는 남자들은 특히 '예쁜' 여자를 선호하는 듯했다. '귀여운' 여자나 '애교 있는' 여자도 좋아하는 것 같았다. 이목구비가 뚜렷해도 '차갑거나 표정이 없는' 것은 좋지 않은 모양이었다.

내 세 명의 엄마들 중 나는 사야코의 얼굴이 가장 좋았고 예쁘다고 생각했지만, 남자들 기준에서 말하면 가장 아름답고 '남자에게 인기 있는' 얼굴은 가즈에인 모양이었다. 후미코는 '화려한' 얼굴인 동시에 '독한 느낌'이 든다고 했다. 사야코는 '우아하고 연약한' 분위기라 '어떤 부류의 남자에게는 굉장히 매력적'이라고도 했다.

그리고 여자들도 '예쁜' 남자를 좋아했다. 추월장에 오는 남자들 중 구가하라는 여자들 사이에서도 '아름답기로' 유명했다.

그렇구나, 저런 얼굴이 아름다운 얼굴이구나.

나는 구가하라의 얼굴을 떠올리고 반듯한 콧날과 웃었을 때의 입매 등을 허공에 그려봤다.

혹시 나도 그가 아름답게 생겨서 끌린 걸까.

그런 생각이 들어 깜짝 놀랐다. 그렇구나, 나도 어른 여자들과 똑같은 것을 좋아할 수가 있구나.

그 발견은 기쁘기도 하고 불쾌하기도 했다. 나 자신이 특별하다고 생각했는데 그렇지 않다는 걸 알게 되는 것은 그다지 달갑지 않았지만, 다른 사람과 똑같다고 생각하자 희미하게 고독이 누그러지는 기분도 들었다.

그러면서도 구가하라가 여자들에게 인기 있다는 것이 신경 쓰였다.

여자들 중 누군가가 구가하라를 얻게 되는 걸까. 누군가가 구가하라와 '그렇고 그런' 사이가 되는 걸까.

실제로 어떤 행위를 그렇게 부르는지도 몰랐으면서 나는 그것이 싫었다.

구가하라가 여자와 함께 있는 모습을 상상하면 명치 언저리가 뻐근해지고 목구멍에서 쓴맛이 느껴졌다.

내가 알기로는 구가하라는 자작이나 사사노와 함께 와서 한밤중까지 술을 마시거나 다른 '카키색'과 함께 와서 오랜 시간 심각한 얼굴로 논의에 열중하는 것이 전부였다.

물론 내가 몰랐던 것뿐일지도 모르지만, 여자들이 쑥덕대는 것을 엿들어봐도 역시 단골 유녀는 없는 듯했다.

구가하라도 예쁜 여자를 좋아할까.

나는 걱정이 됐다.

추월장에 오는 남자들이 여자들의 얼굴을 대놓고 평가하는 모습을 늘 봐왔기 때문에 구가하라도 틀림없이 그럴 거라고 생각했다. '매운 여뀌 잎을 먹는 벌레가 있듯이 사람의 취향도 제각각이다'라는 말은 알고 있었지만, 남자들은 대체로 여자를 겉모습만으로 판단한다는 것이 세상의 냉철한 사실이라는 생각도 들었다.

그런 막연한 불안을 품고 있을 때 그 카메라맨 사건이 발생한 것이다.

물론 누구도 그런 사건이 발생했다는 것을 입에 올리지 않았고 이튿날에는 참극의 흔적이 말끔히 사라져 있었다. 짐수레에 실은 시신은 어딘가에 묻힌 걸까, 아니면 그야말로 계곡에 버려진 걸까. 머리가 으깨어진 시신은 발을 헛디뎌 계곡에 떨어진 것으로 여겨질지도 모른다. 파묻을 곳도 많고 소각장에서 태워졌을 가능성도 있다. 어쨌든 그날 이후 그 남자에 관한 이야기는 한 번도 들은 적이 없다.

그런데 솔직히 말해 그 남자의 육체 같은 건 아무래

도 상관없었다. 산속에 버려져 짐승에게 잡아먹혀 썩어 없어진다 해도 아무런 죄의식도 느끼지 않았다.

하지만 그 남자가 한 말은 별개다. 그 남자가 나를 보고 한 말만큼은.

앞날이 두려울 만큼 예쁘게 생겼던데, 라는 말.

그것은 처음 듣는, '하계'의 기준에서의 나에 대한 구체적인 평가였다.

그리고 나는 그것이 객관적인 평가라는 것을 직감적으로 알아차렸다. '하계' 남자들이 나를 아름답다고 생각하리라는 것을 그때 깨달았다.

그렇다, 나는 그 말을 한 남자가 무참히 살해된 뒤에도 그 말을 가슴속에 간직한 채 남몰래 기쁨에 젖어 있었다.

참으로 어리석고 참으로 오만하기 짝이 없다.

나는 그때 난생처음 내 외모에 관심이 생겼다.

아마도 구가하라에 대한 불안한 마음이 커졌기 때문이리라.

그때 나는 처음으로 생각했다. 내가 아름다우면 어쩌면 구가하라도 나를 마음에 들어 할지 모른다고.

30 ———————————

외모에 관해 생각하기 시작하자 새삼스레 나를 낳아준 엄마인 가즈에게 관심이 생겼다.

아름답고 남자에게 인기 있는 얼굴이라는 가즈에.

그렇다면 나는 그런 엄마를 닮았을까.

외모에 관심이 생겼으면 우선 거울부터 찾아봐야 하는데 이상하게도 나는 그렇게 하지 않았다. 누군가의 손거울이나 백분이 든 콤팩트도 상관없다. 주위에 여자들이 가득한 만큼 거울을 찾아서 내 얼굴을 찬찬히 살펴보면 될 일이었다.

사야코 방의 구석에도 오글오글한 잔주름이 있는 천으로 뒤덮인 낡고 작은 경대가 있었다. '공부'를 하기 전이나 후에 그 천을 걷어 보면 될 일이었다.

그런데 그때 나는 그렇게 할 생각조차 하지 않았다.

왜냐하면 나는 거울에 비치지 않는다고 생각했기 때

문이다.

거울을 봐도 내 얼굴은 보이지 않는다. 나는 내 얼굴을 볼 수가 없다.

그렇게 믿고 있었고 실제로도 그랬던 나는 거울을 찾아봐야겠다는 생각은 하지 않았다.

그럼 어떻게 했는가.

가즈에의 얼굴을 보러 간 것이다.

나를 낳은 여자의 얼굴. 그 얼굴을 보면 내가 어떻게 생겼는지 알 수 있지 않을까.

정말 좋은 생각인 것 같았다. 바로 옆에 내 핏줄이자 나와 얼굴이 닮은 사람이 있으니 보러 가면 된다.

그때 나는 여전히 기묘한 기쁨에 젖어 있었다. 구가 하라가 나를 마음에 들어 할지도 모른다는 희망이 내 머리 위에서 찬연히 빛나며 그 이외의 것을 쉬이 잊게 했다.

예전에 내가 가즈에의 방에 있는 무시무시한 요괴를 본 것과 그 요괴가 가즈에와 똑같은 얼굴을 하고 있었던 것도, 가즈에가 빨간 색연필을 핥고 공작새 울음소리를 낸 것도 까맣게 잊고 말았다.

역시 나는 더없이 어리석고 머리가 나쁜 아이였던 것이다.

어쩌면 그 무렵의 나는 추월장의 일상 곳곳에 파묻혀 있는 '무서운 것'에 익숙해지고 말아 '무서운 것'이 발하는 어떤 징조나 신호를 감지하지 못하게 되었을지도 모른다.

가즈에의 얼굴을 가까이에서 보려면 어떻게 해야 할까.
나는 고민했다.

가즈에는 낮에는 거의 2층 모퉁이 방에서 지내느라
웬만하면 밖에 잘 나오지 않는다. 나는 교류부 출입이
허락되지 않아 가즈에의 방에 들어갈 수도 없는 데다
그 양갓집 규수의 말로를 목격한 만큼 그것만은 나로
서도 피하고 싶었다.

머리를 싸쥐고 고민하다 보니 문득 그때라면 볼 수
있을지도 모른다는 생각이 들었다.

추월장에서는 한 달에 한 번 '검진'이라는 것을 한다.
몸이 쪼그라들 대로 쪼그라든 엄청난 고령의 의사
와, 역시 고령—이긴 해도 이쪽은 예순 안팎이 아닐까
싶지만—의 몸집이 크고 튼튼해 보이는 간호사가 어
디선가 차를 타고 나타나 여자들의 '건강 상태'를 진찰
했다.

손님에게서 병이 옮지는 않았는지 조사하는 거야,
그 반대의 경우도 말이야, 하고 누군가가 알려줬다.

그런 설명을 들어도 내가 아는 감염되는 병은 감기
정도밖에 없었지만, 내 몸에서 열이 났을 때도 이 의사
가 와줬고 그 양갓집 규수에게 후미코가 '입이 무거운
의사'라고 한 것도 이 의사였을 것이다.

얼굴이 창백하고 말수가 적은 의사는 '미노 선생님'
이라고 불렸다. 어떤 한자를 쓰는지, 본명인지 별명인

지도 몰랐지만 간호사와 후미코와 어른들은 그렇게 불렀다. 여자들의 검진이 끝나고 나면 우리가 지내는 곳에도 와서 시노부 씨의 상태도 살펴봤다. 왠지 두 사람이 닮은 것 같다고 생각한 것은 아마 두 사람의 나이가 비슷해 보였기 때문일 것이다.

시노부 씨는 의사가 몸에 청진기를 대도 얌전히 있었다. 검진이 끝나면 두 사람은 나지막이 소곤대며 오랫동안 이야기를 나누었다.

진찰실은 우리가 지내는 방 뒤편의 널찍한 토방에 차려졌다.

가즈에는 검진을 할 때만 방에서 나와 히사 씨의 시중을 받으며 여자들이 서 있는 줄의 맨 끝에 비틀비틀 걸어가 멍하니 섰다.

여자들이 검진을 받을 때면 나는 시키는 대로 방에 얌전히 있었다. 순서를 기다리는 여자들의 수다와 웃음소리가 장지문 너머로 자연스레 들려왔다. 그 거리낌 없는 대화 내용을 대부분은 알아듣지 못했지만 구가하라가 아름답기로 소문났다는 정보를 얻은 것은 여기에서였다.

이제 곧 검진 날이다. 그때라면 뒷문 근처에 줄 서 있는 가즈에의 얼굴을 찬찬히 살펴볼 수 있다.

이 기회를 놓칠 수는 없었다.

나는 집 안을 돌아다니며 어디에 숨어야 뒷문에 줄을 서 있는 가즈에를 몰래 볼 수 있을지 생각해봤다.

적당한 장소를 도무지 찾을 수가 없었다. 복도에 바닥부터 위로 낮게 나 있는 창문에서는 다리밖에 보이지 않는 데다 애초에 내가 방에서 빠져나왔다는 것을 들키고 만다. 본채 안은 어렵다는 것을 알게 됐다.

그래서 검진 당일에 처음부터 방에서 나와 있기로 했다. 내가 혼자 정원 구석에서 종종 시간을 보낸다는 것을 다들 알기 때문에 굳이 찾으러 오지는 않을 것이다.

하지만 평소 교류부의 연결 복도를 지켜볼 때와는 상황이 다르다. 이 건물은 본래 사람들 눈에 띄지 않는 곳에 지어졌다. 하물며 뒷문을 지켜볼 수 있는 장소가 있을 리 만무했다.

나는 초조했다. 이 기회를 빤히 보고도 놓칠 수는 없는 노릇이었다.

바다라도 보며 다시 잘 생각해봐야겠다 싶어 나는 월관대에 올라갔다.

이때도 먼 바다의 조각은 푸른빛이 도는 회색으로 희미하게 빛나고 있었다. 그런 바다를 바라보며 나는 무의식중에 깊은 한숨을 쉬었다.

나는 도대체 뭘 하는 걸까, 하는 허무함이 문득 밀려온 것이다.

그때까지만 해도 내 처지에 관해 제대로 생각해본 적이 없었다. 나는 어쩌면 매우 기묘하고도 이상한 상황에 놓여 있는 것이 아닐까 하는 불안을 느낀 것도 이때가 처음이었다.

그것은 이제껏 겪어본 적 없는 막연한 불안이었다. 내가 잘못된 장소, 심하게 뒤틀린 장소에 있는 보잘것 없는 비참한 존재라는 불안. 세상의 한구석에서 인생을 시작도 하지 못한 채 썩어가리라는 예감. 그리고 지금은 그나마 뭔가가 나를 지켜주고 있지만 저 바깥쪽에는 황량한 공간이 펼쳐져 있으리라는 두려움.

먼 회색의 삼각형을 바라보는 사이 기분이 음울하게 가라앉았다. 나는 걷잡을 수 없는 불안에 휩싸여 맹렬히 고개를 젓고 무심코 뒤를 돌아봤다.

그때 히사 씨가 눈에 들어왔다.

어?

나는 가슴을 가득 메운 불안도 잊고, 전표 같은 것을 팔랑팔랑 넘기고 있는 히사 씨의 찡그린 얼굴을 바라봤다.

이게 어떻게 된 일일까. 저곳은 뒷문 근처다. 우산꽂이로 쓰는 시가라키 도자기인 큰 항아리가 보인다.

월관대 구석으로 바싹 이동해봤더니 그제야 납득이 갔다.

이 건물은 경사면에 지어졌기 때문에 2층 부분의 위에 지어진 이 월관대—정확하게는 빨래 건조장이지만—는 사실 본채의 1층 뒷문과 멀리 떨어져 있지 않다.

다시 고양감이 되살아났다.

이곳이 최적의 장소다. 아무도 모르게 찬찬히 관찰할 수 있다. 여자들이 빨래를 너는 것은 아침이므로 누군가가 이곳에 올라오는 일도 없을 것이다.

　이제 비가 오지 않기를 빌기만 하면 된다. 나는 들뜬
마음으로 월관대를 내려가 검진 날을 기다렸다.

31

　　　　　가즈에의 몸과 정신의 상태에는 '기복'이 있다.

　매일같이 괴성을 지르는 것이 아니라 온화하게 미소 짓고 있을 때도 있어 상태가 좋을 때는 짧게나마 대화도 가능하다.

　그런 날이면 누가 시키지도 않았는데, 꼬투리째 먹는 완두콩의 심을 떼거나 누에콩의 껍질을 벗기는 등 부엌일을 거들기도 했다. 원래 손끝이 야무졌는지, 매실주를 담그는 데 필요한 매실의 꼭지를 대꼬챙이로 엄청나게 빠르게 땄다고 한다.

　어김없이 상태가 나빠지는 것은 폭풍이 다가오고 있을 때와 그 남자가 찾아올 때였다.

　예전에 공중에 떠 있는 가즈에를 봤을 때 방 안에 앉아 있던 그 신사는 한 달에 한두 번 찾아왔다.

앉는 자리도, 가만히 무릎을 꿇고 고개를 숙이고 있는 것도 똑같았다.

가즈에는 신사가 앉아 있는 동안 그를 철저히 무시한 채 텅 빈 새장만 바라봤다. 그곳에 보이지 않는 새가 있기라도 하듯이 촛촛 하고 새 울음소리를 내며 자기 눈에만 보이는 새와 장난을 쳤다.

신사는 그런 처사에 항의하지 않고 그렇다고 그녀에게 맞춰주지도 않고 그저 방바닥의 한 점을 바라보며 꼼짝 않고 앉아 있었다.

딱 한 번 견디다 못한 듯이 고개를 들어 뭔가를 호소하는 모습을 봤지만, 가즈에는 아무런 반응도 없었다. 그는 얼굴을 붉히고 머뭇거리다 이내 단념한 듯이 다시 시선을 떨어뜨렸다.

신사는 그런 식으로 한 시간에서 두 시간을 가즈에 앞에서 죄인처럼 고개를 숙인 뒤 이윽고 지친 얼굴로 돌아가는 것이 보통이었다.

그가 있는 동안 가즈에는 모르는 척 얌전히 있지만 그가 돌아간 뒤에는 반드시 날뛰었다.

침을 튀기며 화를 내고 사나운 공작새 울음소리를 내는가 하면 방 안의 물건을 집어 던지는 것도 모자라 벽에 머리를 박기까지 했다. 그녀 주변에는 깨지기 쉬운 물건을 둘 수가 없기에 도코노마의 족자는 모조품으로, 불단 앞 꽃병은 조화를 꽂은 작은 대바구니로 대체했다. 다른 여자들의 항의를 받고 마사 씨 일행이 가즈에를 달래러 갔지만, 그녀가 말도 안 되게 센 힘으로 길길이 날뛰는 바람에 두세 명이 달라붙어 말려야 했다.

그 남자를 못 만나게 하면 될 텐데, 하고 생각했지만, 못 만나면 못 만나는 대로 더 엉망으로 망가지는 모양이었다. 가즈에와 어떤 관계인지는 모르겠지만 아무래도 그는 가즈에가 지금의 상태가 된 일에 관련되어 있는 듯했다.

고대하던 검진 날, 가즈에의 상태는 별로 좋지 않았다. 하필이면 그 전날 밤에 신사가 왔다 갔고, 평소보다 더 거세게 날뛴 가즈에에게 한밤중에 불려온 미노 선생님이 주사를 놔주었다고 한다.

미노 선생님은 익숙한지 여느 때처럼 담담히 추월장에 왔지만, 약 기운이 남아 휘청거리는 가즈에의 모습은 누가 봐도 위태로웠다.

히사 씨 손에 이끌려 줄을 선 가즈에가 몸을 앞뒤로 마구 흔들어대는 바람에 앞에 서 있던 여자가 걸리적거린다는 듯이 연신 뒤를 돌아본다.

나는 히사 씨에게 정원에서 놀다 오겠다고 미리 말한 뒤 방에서 나와 자세를 낮춘 채 곧장 월관대에 올라갔다. 바닥에 엎드리다시피 해서 얼마 전에 봐둔 자리로 다가가 살며시 아래를 내려다보며 가즈에의 모습을 살폈다. 월관대에는 면 수건이며 유카타와 같은 빨래가 잔뜩 널려 있어 내 모습이 가려질 것이라고 생각해 안도한 것이다.

줄이 조금만 더 줄면 가즈에의 얼굴이 확실히 보일 텐데 지금은 앞에 서 있는 여자밖에 보이지 않는다. 평소 장지문 너머로 군데군데밖에 들리지 않던 여자들의 수다 소리가 남김없이 들려와 놀랐다.

"가즈에를 어디 좋은 병원으로 옮겨주면 좋으련만."

"아직 용서가 안 되나 봐, 그렇게 자주 찾아오는데도 말이야."

속삭이는 목소리가 들려온다.

"그 사람, 시동생이지? 그 사람 형이 가즈에의 남편이었잖아. 듣기로는 근무 중에 사고 같은 걸로 죽었다고 하던데, 그 일을 시동생 때문이라고 생각해서 저렇게 되었대."

"근무 중에? 무슨?"

"'카키색' 말이야, 가즈에 남편이 육군유년학교의 높으신 분이었다던데."

"뭐어? 아니, 그런 분의 사모님이 왜 이런 곳에 있어? 군인의 과부는 나라에서 연금이 나온다고 들었는데."

"글쎄. 나도 거기까진 몰라."

"쉿."

여자들의 목소리가 작아졌다. 목소리를 낮춘 탓에 그다음은 들리지 않았다.

시동생이 무슨 뜻인지는 간신히 알 수 있었다. 남편의 남동생.

그렇다면 그 신사는 가즈에와 혈연관계가 아닌데도

친척인 것이다.

검진을 마치고 나온 누군가가 천박한 농담을 했는지 닳고 닳은 웃음소리가 터졌다.

줄을 선 여자들이 앞으로 움직이자 가즈에가 시야에 들어왔다.

나는 숨을 삼켰다.

가즈에의 얼굴을 이토록 가까이서, 이토록 분명하게 본 것은 처음이었다.

그리고 그 초췌한 얼굴을 보고 충격을 받았다.

전날 밤에 미친 듯이 날뛰어 주사를 맞은 탓에 눈이 퀭하게 꺼지고 눈 밑은 거뭇거뭇했다. 얼굴빛은 흙빛에 가깝고 겨우겨우 틀어 올렸을 머리도 흐트러져서 이마와 뺨에 흘러내린 것이 그녀를 늙어 보이게 했다. 얇은 피부에는 정맥이 내비치고 발진이라도 돋았는지 얼룩덜룩한 반점이 희미하게 보인다.

그런데도 정신을 가다듬고 다시 보니 그녀가 미인이라는 말은 거짓이 아니었다.

그린 듯한 눈썹에 또렷한 쌍꺼풀, 긴 속눈썹에 육감적인 입술. 여기에 머리를 정돈하고 얼굴빛이 좋으면 정말 빼어난 미인이라고 생각했을 것이다.

나는 마음이 복잡했다.

나도 저런 얼굴일까. 나도 저렇게 보일까. 얼굴이 아무리 아름답다 해도 저렇게까지 초췌하고 표정이 죽어 있으면 이루 말할 수 없이 가련하지 않은가. 게다가 보기에도 딱한 저 여자가 나를 낳아준 사람이라고 한다.

실망한 나머지 온몸에서 힘이 빠지는 것을 느꼈다.

그때 뒤에서 돌풍이 지나갔다.

머리 위에서 유카타가 팔락팔락 휘날리더니 내 머리를 마구 쓰다듬었다.

엉겁결에 상체를 일으켜 유카타를 붙잡았다.

가즈에도 바람에 뺨을 얻어맞고 눈을 가늘게 떴다. 빨래 건조장에서 유카타가 팔락팔락하는 소리를 들었는지, 문득 얼굴을 들고 이쪽을 바라본다.

가즈에와 눈이 마주쳤다.

앗, 하는 생각에 순간 몸이 굳었다.

가즈에는 눈을 부릅뜨더니 입을 '아' 모양으로 벌렸다.

그때 나는 놀랍게도 감미로운 기대로 가슴이 벅차올랐던 것을 고백해야 한다.

그렇다, 나는 기대했다.

혹시 내 이름을 불러주는 게 아닐까 하고.

혹시 나를 기억해주고 있는 게 아닐까 하고.

혹시 이것이 엄마라는 존재와의 감동적인 대면이 아닐까 하고.

가슴에 달콤새큼한 것이 치밀어 올라와 그런 기대를 품고 말았다.

하지만 다음 순간 그것은 싹 다 날아가고 말았다.

가즈에의 얼굴에 가장 먼저 떠오른 것은 공포였다.

'괴물을 봤다'는 표정. 믿을 수 없는 존재를 목격했다는 눈.

그 표정에 내 몸은 얼어붙었다.

그다음에 떠오른 것은 걷잡을 수 없는 혐오였다. 섬뜩한 독충이나 역겨운 것을 봤을 때의 반응.

나는 내가 단단히 착각했다는 것을 깨달았다.

마지막으로 가즈에의 얼굴에 떠오른 것은 뿜어져 나올 듯한 무시무시한 증오였다.

나는 또다시 가즈에의 얼굴이 소리를 내며 열 배쯤 부풀어 오르는 것을 본 듯한 기분이 들어 나도 모르게 몸을 움츠렸다.

그때 공중에 떠 있었을 때의 얼굴. '비수'의 머리 위에 보였던 얼굴. 그것들과 마찬가지로 무시무시한 형상의 얼굴이 지금 저곳에 있다. 그리고 그것은 그 누구도 아닌 나를 향하고 있다.

"악마아!"

가즈에는 침을 튀기며 떨리는 목소리로 외쳤다.

눈이 허옇게 뒤집히고 가는 목에는 경직된 힘줄이 파랗게 돋았다.

"악마! 악마 놈!"

나는 뺨을 후려 맞은 것처럼 바닥에 납작 엎드렸다.

심장이 격하게 요동친다. 온몸에 열이 나고 손끝이 떨리는 것을 느꼈다.

"악마다! 악마다아! 악마가 날 쫓아왔어!"

마치 남자 같은 굵직한 목소리가 뒤뜰에 울려 퍼졌다.

"가즈에, 갑자기 왜 그래?"

"가즈에, 진정해."

"선생님, 미노 선생님, 가즈에가."

가즈에가 미쳐 날뛰는 목소리에 여자들의 비명이 섞여 들려오고 한바탕 난리가 났다.

"악마닷! 악마가 있어! 돌려줘, 그 사람을 돌려줘, 돌려줘어!"

가즈에가 고래고래 악을 쓴다.

"아이고, 평소보다 더하잖아, 입에 거품까지 물었어."

"이게 무슨 일이래."

"약이 너무 많았던 거 아니야?"

다들 의아하다는 듯 한마디씩 했다.

"누가 있나?"

움찔한 나는 온몸에서 피가 싹 빠지는 듯했다. 어떡하지? 누가 여기 올라와서 나를 보면.

"있긴 누가 있다고 그래. 유카타가 풀럭거리는 걸 보고 누가 있는 줄 알았던 거지."

"아, 돌풍 때문에."

그 말을 끝으로 빨래 건조장 쪽에 대한 흥미를 잃은 듯해 나는 안도했다.

남자들이 급하게 뛰어오는 기척이 났다. 그런데도 가즈에는 여전히 날뛰고 있는지 모두가 당황해하거나 달래는 소리가 들린다.

하지만 그 소리는 아까부터 멀리서 들려오는 것처럼

느껴졌다.

나는 그저 얼어붙은 몸을 떨면서 바닥에 납작 엎드려 삐죽삐죽한 널빤지 가시를 뺨으로 느끼고 있었다.

악마.

나를 낳아준 여자가 나를 보고 그렇게 말했다.

그녀는 나를 분명하게 인식했다. 더구나 내 얼굴을 무서워하고 혐오하고 증오를 폭발시켰다.

악마.

가즈에의 표정이 머릿속을 맴돌며 끊임없이 분노를 터뜨리는 것도 모자라 그녀의 굵직한 목소리가 종소리처럼 울려 퍼져 나를 비난한다.

그것을 어떻게 지워야 할지 몰라 나는 떨고 있었다.

눈물과 침이 끝없이 흘러내려 빨래 건조장의 바닥을 적시는 것을 그저 느끼고 있을 뿐이었다.

32

악마. 한동안 그 말이 머리에서 떠나질 않았다. 가즈에의 얼굴에 나타난 혐오의 표정이 눈에 새겨져 꿈속에서도 나를 계속 비난했다. 나는 마음이 울적해서 방에 틀어박혔다. 사야코와 어른들은 어디 아픈 거 아니냐며 걱정했지만 나는 아무 말도 하지 않았다.

악마. 그것은 서양의 것이라고 사야코가 가르쳐줬다.

산양의 머리에 새의 발, 길고 뾰족한 꼬리를 가진 매우 흉측하게 생긴 그것은 인간을 현혹하고 고통스럽게 해 모두가 두려워하는 섬뜩한 존재라고 했다.

악마. 나를 낳아준 엄마가 나를 똑바로 보고 그렇게 말했다.

그때 받은 충격이 몸속 곳곳에 부딪혔다 되돌아와 나를 며칠씩이나 통증에 시달리게 했다. 스스로에 대한 한심함과 비참함을 끝없이 되새기는 동안 툭하면 눈물을 흘리곤 했다. 하지만 그 후에 오는 것은 치유할 수 없는 굴욕감이었다.

굴욕. 아주 잠깐 동안 엄마로서의 말을 기대한 나. 어쩌면 감동적인 재회가 되지 않을까 하고 안이하게 희망했던 내가 너무나 어수룩하게 느껴지고 그런 기대를 품었다는 것 자체가 속상했다. 아련한 기대를 품고 월관대에 올라가 가즈에를 바라본 나 자신의 뺨을 갈겨주고 싶었다. 거부당했다는 놀라움과 섭섭함이 서서히 굴욕으로 변해갔다.

납덩이처럼 무거운 굴욕감이 차가운 분노로 변질되기까지 딱 한 걸음만 남은 상태였다. 가즈에에게 분노하고 그녀를 미워하지 않으면 나는 스스로를 지킬 수가 없었던 것이다.

납덩이처럼 무겁고 거무칙칙한 굴욕감을 안고 나는 하루하루를 울울하게 보냈다.

요 며칠 새 잘 가지 않던 고타쓰가 있는 다다미방에 들어간 것은 왠지 그 방의 공기가 내 뒤틀린 마음에 어울린다고 느껴서일지도 모른다.

나는 방문을 벌컥 열고 씩씩대며 들어가 구석에 탈싹 앉아서 혼자 트럼프 놀이를 하기 시작했다. 그러자 시노부 씨가 문득 내 쪽을 봤다. 또 잔소리를 하려나 싶었지만 나는 될 대로 되라는 심정이었기 때문에, 잔소리할 테면 하라지, 나야말로 시끄럽다고 소리를 꽥

질러줄 테니, 하고 마음먹고 있었다.

그러나 시노부 씨는 아무 말도 하지 않고 나를 가만히 보고만 있었다. 그 눈은 짙은 색 안경에 가려 보이지 않았지만 그녀는 내 모습이 보이는 모양이었다. 그녀가 무슨 생각을 하고 있는지는 알 수 없었지만 내게 흥미를 느끼고 있다는 것은 어쩐지 알 수 있었다.

그런 일은 처음이었다. 시노부 씨는 평소 꾸벅꾸벅 졸며 세상을 무시하지만, 누가 가까이 오면 으르렁 소리를 내며 성가시다는 표정을 띠거나, 야생의 짐승처럼 자기 구역에 들어오려는 것을 혀를 끌끌거리며 거부했기 때문이다.

나는 그런 시노부 씨의 태도에 내심 놀라면서도 모른 척을 하며 트럼프를 늘어놓았다.

그런데 더욱 놀랍게도 시노부 씨가 히죽 웃은 것이다. 나는 흠칫 놀라서 엉겁결에 몸을 일으켰다.

그녀가 웃는 모습을 본 것은 처음이었다. 봐서는 안 될 것을 본 듯한 기분이 들어 괜히 방 안을 둘러봤을 정도다.

시노부 씨가 왜 그때만 내게 그런 모습을 보였는지 지금은 알 것 같은 기분이다.

시노부 씨는 그때 내가 품고 있던 울적한 감정과 쏟을 데 없는 분노, 원망과 한탄 같은 것에 반응했으리라. 내가 뿜고 있던 어둡고 부정적인 기운을 감지한 것이다. 왜냐하면 그 부정적인 기운은 평소 시노부 씨 자신이 뽑고 있던 것이기 때문이다.

평소 누구보다도 심기가 불편하고 원망과 한탄을 끊임없이 구시렁대던 그녀는, 방에 들어온 작은 아이가 같은 기운을 뽑고 있어 마음이 끌린 것이다.

시노부 씨가 내 쪽으로 몸을 돌리는 것을 보고 나는 놀랐다. 내게 뭔가를 말하려 하고 보여주려 한다는 것이 분명했기 때문이다.

시노부 씨는 답답하다는 듯 품에서 한시도 떼놓지 않던 비즈뜨개 똑딱이 지갑을 손에 들더니 꼼지락대며 물림쇠를 한참을 쓰다듬다 마침내 똑딱 하고 지갑을 열었다.

나는 숨을 삼켰다. 저 똑딱이 지갑을 연 것을 처음 봤기 때문이다.

시노부 씨는 지갑 안에서 느릿느릿 하얀 것을 꺼냈다.

처음에는 그것이 뭔지 몰랐다.

나는 살며시 몸을 내밀고 조심스럽게 그것을 봤다.

작은 인형이었다.

엉성하게 만들어지긴 했지만 사람의 형태를 하고 있었다.

헝겊 인형은 아니다. 비누로 만들었을까. 반질반질한 표면이 둔하게 빛난다.

시노부 씨가 지갑 안에서 하나를 더 꺼낸 것을 보고 나는 다시 숨을 삼켰다.

그것은 커다란 바늘이었다. 큰 바늘귀에 흰 무명실

이 꿰어 있다.

시노부 씨는 또다시 히죽 웃었다. 이것이 내가 본 두 번째이자 마지막 미소였다. 그녀는 그 바늘을 작은 인형에 천천히 꽂았다.

나는 마치 심장을 찔린 듯이 몸을 움찔했다.

시노부 씨는 태연히, 그리고 집요하게 그 작은 인형을 바늘로 찌르고 또 찔렀다.

그 모습을 보는 동안 차츰 알게 됐다. 인형은 밀랍으로 만들어졌고 자세히 보니 속에 희미한 갈색의 뭔가가 들어 있었다. 계속 보다 보니 그것이 누군가의 머리카락이라는 것을 알게 됐다.

그리고 시노부 씨가 바로 지금 누군가를 저주하고 있다는 것도.

나는 등골이 오싹해서 몸서리를 쳤다.

그녀는 내가 품고 있는 저주의 감정에 호응해 보인 것이다. 이런 방법이 있다고 내게 가르쳐준 것이다.

나는 어쩐지 두려운 마음으로 시노부 씨의 손놀림을 멍하니 바라봤다.

돌연 시노부 씨가 바늘을 찌르던 손을 멈췄다.

그녀는 똑딱이 지갑에 바늘과 인형을 쑤셔 넣고 지갑을 똑딱 닫고는 몸을 홱 돌렸다. 그것을 끝으로 내가 있는 것을 잊었다는 듯이 다시 꾸벅꾸벅 조는 듯이 몸을 흔들며 입속말로 뭐라고 중얼거렸다.

그녀의 바늘에 찔린 인형의 통증이 내 안에서 재현

되는 기분이 들었다. 집요하게 내리꽂힌 바늘. 그 바늘을 쥐고 있는 것은 무서운 형상의 나 자신이다. 그런 생생한 심상에 나는 등골이 서늘해졌다.

　나는 슬슬 시노부 씨에게서 떨어져 앉아 가까스로 트럼프에 의식을 집중했다. 그런데도 몸에 따끔따끔하게 꽂히는 바늘의 통증을 느끼고, 동시에 뭔가 큰 잘못을 저지른 기분에 사로잡혔다.

33 ────────────

결국 나는 가즈에를 저주하지 못했다. 밀랍으로 저주 인형을 만들어 그 속에 가즈에의 머리카락을 집어넣은 뒤 바늘로 찌르는 일은 하지 않았다. 가즈에에 대한 분노와 굴욕은 잉걸불처럼 식지 않고 줄곧 내 안에 남아 있었지만, 굴욕을 되새기려 하면 시노부 씨가 섬뜩한 미소를 띠고 바늘로 찌르던 모습이 떠올라 어쩐지 기운이 빠져버렸다.

그리고 시간이 지날수록 가즈에의 주장도 아예 틀린 말은 아닌 듯한 기분이 들었다.

나는 어딘가 이상한 것이 아닐까. 가즈에에게 그런 표정을 띠게 하고, 그런 식으로 비난받아야 하는 이유는 내게 있는 것이 아닐까. 그런 의혹이 조금씩 부풀기 시작한 것이다.

나는 내가 놓여 있는 이상한 상황을 알아차리기 시

작했다. 출퇴근하는 여자들의 대화를 듣고 내 또래 아이들은 결코 나 같은 생활을 하지 않는다는 것을 어렴풋이 눈치챘던 것이다. 왜 나만 이런 생활일까, 왜 다른 아이들처럼 학교에 가거나 또래 아이들과 함께 놀지 못하는 걸까, 왜 이런 곳에 있는 걸까. 그 모든 것이 내가 이상하기 때문이라는 대답으로 이어지는 것처럼 생각되었다.

그런 식으로 마음이 기울면 또 가즈에의 모습이 떠올라 기분이 착잡해졌다. 일부러 가즈에의 모습을 보지 않도록 했고 가즈에의 이름을 듣기만 해도 얼른 달아났건만.

그 사건 이후 가즈에는 전혀 안정을 되찾지 못했고 여자들도 더는 못 참겠다는 듯 불평을 쏟았다. 그 결과 투여되는 약이 늘어나 가즈에의 얼굴은 갈수록 초췌해지고 흙빛으로 변해갔다. 이제는 눈만 희번덕거리며 악을 쓰다시피 의미 없는 말을 내뱉는 지경에 이르렀다. 그 모습이 어찌나 딱하던지 나는 한없이 서글픈 기분이 들었다.

그리고 그날 밤이 찾아왔다.

그날은 아침부터 저기압이 다가와 후텁지근했다. 오후에는 변덕스럽게도 강풍이 사정없이 불어와 나는 내내 식욕이 없었다.

이런 날은 또 가즈에의 상태가 나빠진다.

거의 손대지 않은 아침 밥상을 치우면서 그런 생각

을 한 것이 기억난다.

나중에 알고 보니 이날의 이튿날 아침 급기야 가즈에를 먼 요양소로 보내기로 결정했다고 했다. 가즈에는 이제 잠을 거의 자지 못해 하루 종일 울면서 돌아다니거나 밤중에 소리를 지르기 일쑤였다. 가재도구를 부수거나 더럽히는 것도 일상화되었다. 다른 여자들과 수발을 들어주는 남자들이 우는소리를 한 것이다. 게다가 가즈에의 살벌한 모습은 장사에도 큰 지장을 주는 듯했다. 손님이 언짢아하거나 시끄러워한 것이다.

그 사람은 요양소에 관한 일을 어디서 듣고 알았을까. 추월장의 단골손님이 가르쳐줬을지도 모른다. 후미코와 어른들은 가즈에를 다른 곳으로 옮기는 일을 최대한 비밀로 했기 때문이다.

이날 가즈에는 얌전했다.

숨 막힐 듯한 무더위에 평소 두통을 앓던 여자들은 불평을 했다. 맨 먼저 가즈에가 짜증을 내나 싶었지만 이제 가즈에에게는 소란을 피울 체력도 남아 있지 않았을지도 모른다.

어쩌면 뭔가를 예감한 걸까.

그 텅 빈 새장을 바라보는 시선 끝에서 자신의 미래를 보고 있었던 걸까.

가즈에는 줄이 끊어진 꼭두각시 인형처럼 꼼짝 않고 방에 웅크리고 있었다.

날이 저무는 동시에 비가 오기 시작했다.

바람이 점점 강해지고 별채 쪽에서는 남자들이 덧문을 탁탁 닫았다.

그러나 가즈에가 있는 방의 창문은 활짝 열려 있었다. 가즈에는 비가 들이치는데도 아랑곳없이 새장 밑에 가만히 앉아 있다. 남자들 중 한 명이 가즈에의 방에도 들렀지만 얌전히 있는 그녀를 괜히 건드리지 않는 편이 낫다고 판단했는지 곧바로 물러났다.

그 신사가 온 것은 꽤 늦은 시간이었다.

파랗게 질린 얼굴로 젖은 외투를 입은 채 교류부에 들어왔다.

후미코가 당황한 기색으로 응대하는 것이 보였다. 성큼성큼 들어오는 신사에게 매달리다시피 후미코가 복도를 따라 들어왔다.

"가즈에는 이미 쉬고 있습니다. 약 기운이 도는지."

"내일 다른 곳으로 보내진다고 하더군요."

신사가 후미코의 말을 자르듯 말했다.

"그걸 어떻게?"

후미코의 낯빛이 변했지만 신사는 고개를 좌우로 흔들었다.

"누구에게 들었든 중요하지 않습니다. 사실입니까?"

후미코를 추궁했지만 그녀는 입을 다물었다. 그것을 긍정이라고 받아들였는지 신사는 후미코에게 간청했다.

"어쩔 수 없다는 건 압니다. 이곳에서 형수님을 오랫

동안 돌봐주셨지요. 감사하고 있습니다. 그러니 마지막으로 인사하게 해주십시오. 이번이 마지막이니 부탁드립니다."

머리를 깊이 숙이는 신사에게 후미코가 한발 양보했다.

"약 기운 때문에 멍해서 어쩌면 시바타 님을 못 알아볼 수도 있습니다. 그래도 괜찮으시겠어요?"

신사는 여전히 머리를 숙이고 있다.

"그럼 잠깐만이에요."

후미코가 마지못해 말했다. 신사는 다시 머리를 숙인 뒤 그동안 수없이 방문해서 훤히 꿰고 있는 교류부 2층으로 올라갔다.

장지문이 드르륵 열리고 가즈에의 방에 신사가 들어왔다.

젖은 외투가 방의 불빛에 촉촉이 빛난다.

그 모습이 어딘지 불길해 보였다. 젖은 큰까마귀가 방에 들어온 것 같았다.

가즈에는 돌아보지도 않거니와 반응도 하지 않았다. 넝마 조각처럼 그곳에 있을 뿐이었다.

"가즈에 씨, 작별 인사를 하러 왔습니다."

신사는 가즈에가 전혀 반응하지 않는데도 아랑곳없이 말을 건넸다.

"이제 다시는 뵙지 못하겠지요. 저도 곧 외지로 발령날 것 같습니다. 형님 대신."

신사는 외투를 입은 채 가즈에 곁에 무릎을 꿇었다.

그의 얼굴은 파리하다 못해 종잇장처럼 하얬다. 눈이 크게 뜨여 있고 눈동자에서 심상치 않은 빛이 반득거린다.

"가즈에 씨, 기억하십니까. 형님과 함께 셋이서 이즈에 단풍놀이를 갔었지요. 그때 참 즐거웠습니다. 당신의 연보라색 잔무늬 기모노가 단풍과 어우러져 당신은 마치 이 세상 사람이 아닌 것처럼 신비하고 아름다웠지요."

신사는 가즈에에게 말을 건네면서도 저 멀리 한 점을 뜨겁게 응시하고 있었다.

"당신은 혼례식 전에 이렇게 말했습니다. 진정으로 가슴에 품고 있는 사람은 저라고 말입니다. 양가 부모님끼리 정한 혼사이기도 하고 이런저런 사정이 있어 형님과 혼인하지만, 당신 마음에는 제가 있다고 했지요. 당신의 그 한마디가 얼마나 기뻤는지 모릅니다. 당신이 그렇게 말해준 덕분에 저는 앞으로도 살아갈 힘을 낼 수 있었습니다. 그 한마디가 제 앞길을 밝혀주고 살아가는 데 의지가 되었습니다."

신사의 눈은 열병 환자처럼 반득였다.

"형님은 알고 있었습니다. 아무 말도 하지 않았지만 당신과 저 사이를 의심했습니다. 형님은 당신을 괴롭히게 됐고 당신은 견뎠지요."

가즈에의 눈은 유리구슬처럼 텅 비어 있었다. 신사의 말이 들리는 것 같지가 않았다.

"형님이 저와의 사이를 추궁하며 당신을 손찌검했을 때도 당신은 저항하지 않았습니다. 제가 얼마나 괴로웠는지 아십니까. 형님이 지금도 당신을 못살게 굴고 있다고 생각하면 정말 미칠 것 같았습니다."

신사가 몸을 부르르 떨었다. 눈에 어두운 빛이 깃들었다.

"형님은 저와 당신에 대한 복수를 계획했습니다. 가혹하게도 형님은 당신을 상관에게 바쳤지요. 당신을 상관의 첩으로 만든 대가로 자신의 출세를 보장받은 겁니다. 잘은 모르나 상관의 아내가 아이를 가질 수 없는 몸이라 아이를 간절히 원했다고 하더군요."

신사는 누구에게랄 것도 없이 계속 이야기했다.

"당신은 곧 임신을 했지요. 출산할 때는 난산이라고 들었습니다. 한때는 당신이 사선을 헤맸다고 하더군요."

바람이 창가의 새장을 간들간들 흔들었다.

"당신은 더 이상 저를 만나주시지 않았지요. 형님의 눈을 피해 행복한 시간을 보낸 그 무렵이 꿈같습니다."

침묵.

"태어난 아기를 빼앗기고 당신은 완전히 정신을 놓았습니다. 형님은 일상생활이 불가능해진 당신을 이런 곳에 집어넣었지요. 아기의 생모의 존재가 세간에 알려지면 안 된다고 하면서 말입니다."

신사가 얼굴을 일그러뜨렸다.

"저는 형님을 증오했습니다. 정말 몸서리치도록 증

오했지요. 죽이고 싶어서 갖가지 방법을 생각했습니다. 찔러 죽여줄까, 쏴 죽여줄까, 갖은 고통을 준 뒤 서서히 죽여줄까, 그 상관이라는 작자도 함께 죽일까 하고 밤마다 잠을 이루지 못한 채 계속 생각했습니다."

그는 문득 나약한 표정을 짓더니 가즈에의 얼굴을 조심스레 들여다봤다.

"하지만 맹세코 제가 한 게 아닙니다. 저는 형님을 죽이지 않았습니다. 그 일은 정말 훈련 중에 일어난 사고였습니다. 그런 곳에 참호가 파여 있을 줄은 저도 형님도 몰랐습니다. 정말입니다. 저는 죽이지 않았습니다. 물론 형님을 죽이고 싶을 만큼 증오했지만 저는 아무것도 안 했습니다. 믿어주십시오."

신사는 두 손으로 얼굴을 감쌌다.

"그런데…… 그런데 당신은 믿어주지 않았지요."

신사가 가즈에의 몸에 매달리다시피 하며 세차게 흔들었다.

가즈에는 여전히 아무런 반응이 없었다. 신사가 흔드는 대로 고개를 젖혔다 숙였다 하고 있지만, 멍하니 입을 반쯤 벌리고 있었다.

"형님과의 생활이 고통스럽다고 늘 제게 하소연했으면서, 저와 함께하고 싶다고 항상 울었으면서 당신은 형님이 죽자마자 절 탓했습니다. 마치 자신이 형님의 정숙한 아내였다는 듯 저를 비난했지요. 살인자, 남편을 살려내, 남편을 돌려줘, 하고 저를 몰아세우고 욕했습니다."

"너무하시지 않습니까. 형님도 없어진 마당에 저는 당신과 함께할 작정이었습니다. 다른 사람의 아이를 낳은 것도 개의치 않았지요. 같이 살아가자고 제안했을 때 당신은 매몰차게 거절했습니다."

신사는 고개를 젖혀 천장을 봤다.

"압니다. 네, 알고말고요. 당신이 형님에게 죄책감을 가진다는 것. 어쩌면 제게도 딴 남자의 아이를 임신한 일로 껄끄러움을 느끼고 있다는 것. 네, 잘 압니다. 당신은 둘 다 견딜 수가 없었던 겁니다. 그래서 저를 거부하고 욕하고 혼자 이 방에서 무너지고 있었다는 것을."

"하지만…… 하지만 저는 역시."

신사는 눈을 거칠게 비볐다. 울고 있을지도 모른다.

돌연 가즈에가 손을 번쩍 들었다.

신사가 흠칫 놀란다.

가즈에가 치켜든 쪽의 소매에서 뭔가가 굴러 나왔다.

신사가 천천히 집어 든 것은 몽당연필이 된 빨간 색연필이었다.

가즈에는 손을 툭 내렸다. 자신이 조금 전 손을 올렸다는 것을 모르는 눈치다.

신사는 빨간 색연필을 가만히 바라봤다.

"아아, 옛 생각이 나는군요…… 당신은 아이들에게 글짓기를 가르쳤지요…… 아이들이 쓴 글을 흐뭇하게 읽곤 했습니다. 잘했다는 표시로 꽃잎에 둘러싸인 동그라미를 그려주는 것이 즐겁다고 했던가요?"

가즈에가 움찔 반응했다.

"글짓기."

입속말로 중얼거렸다.

신사가 가즈에를 봤다.

가즈에가 손을 더듬더듬했다. 신사의 손을 더듬다 그가 쥐고 있는 빨간 색연필을 알아차리자 그것을 빼앗으려 했다.

"가즈에 씨."

가즈에가 주위를 두리번거리더니 갑자기 눈의 초점이 맞은 것처럼 신사의 얼굴 정면에서 눈을 멈췄다.

서로를 쳐다보는 두 사람.

신사의 눈에는 애처로움과 사랑스러움이 뒤섞인 복잡한 빛이 떠올라 있었다.

문득 가즈에의 눈에 빛이 돌아왔다.

뭔가 부드러운 것이 그 눈에 왈칵 흘러 들어와 눈을 살짝 깜빡이더니 그리움이 깃든 미소를 머금었다.

그 순간 가즈에는 눈부시게 아름다웠다. 그 소녀 같은 수줍음은 흡사 지난 세월을 되돌려놓은 것 같았다.

"아아, 당신, 드디어."

가즈에의 그 목소리는 촉촉이 젖어 있고 애정이 가득했다.

신사의 눈에 희망의 불꽃이 터졌다.

"가즈에 씨, 저를 알아보시는군요. 접니다, 신지입니다."

신사가 기쁨에 차 몸을 한껏 내민 순간 가즈에의 얼굴이 움찔 얼어붙었다.

갑자기 충혈된 눈을 부릅뜨고 공작새처럼 새된 비명을 지르며 팔을 휘둘러 신사를 밀쳐냈다.

"앗!"

신사는 손으로 뺨을 감싸고 가즈에를 돌아봤다. 놀라서 손을 보니 피가 묻어 있었다.

가즈에는 빨간 색연필을 칼처럼 겨누고 있었다. 신사의 손에서 억지로 빼앗은 빨간 색연필로 그의 뺨을 찌른 것이다.

가즈에는 키익키익, 하는 짐승 같은 소리로 신사를 위협하며 혐오에 찬 얼굴을 하고 있었다.

신사의 얼굴이 금세 발개졌다.

몹시 상처받은 표정을 짓더니 "어째서" 하고 떨리는 목소리로 중얼거렸다.

휘둥그렇게 뜬 눈은 붉게 충혈돼 눈물이 어려 있었지만, 이윽고 그 눈에 차갑고 어두운 빛이 깃들고 신사의 얼굴이 창백해지는 것을 알 수 있었다.

신사는 천천히 일어섰다.

휘오오 하고 창문으로 불어닥치는 바람이 그의 외투를 펄럭였다.

"가즈에 씨, 이렇게 된 바에는."

신사는 낮게 읊조린 뒤 장식물을 보듯 가즈에를 바라봤다.

그때 신사가 걸친 외투 속에 있는 것이 처음 눈에 들어왔다.

다갈색 칼집에 든 군도.

신사는 차분하게 칼집을 쥐고는 칼을 스르륵 빼들었다. 초승달 같은 선이 둔하게 빛난다.

가즈에는 어리둥절한 얼굴로 신사를 올려다보고 있었다.

신사가 천천히 치켜든 칼에 아주 잠깐 가즈에의 모습이 비친 듯한 기분이 들었다.

빛나는 초승달이 번쩍 호를 그리며 허공을 갈랐다.

신사는 내리친 칼을 딱 멈추고 있었다.

시간이 멈추고 모든 것이 한 장의 그림처럼 탈바꿈했다.

다음 순간 가즈에의 목덜미에서 놀랄 만큼 엄청난 양의 피가 솟구쳤다.

가즈에의 얼굴에, 머리카락에, 기모노에, 뒤에 있는 맹장지에 선혈이 꽃잎을 뿌리듯이 흩날렸다.

가즈에의 눈은 이미 아무런 빛도 비추지 않았다.

피투성이의 가녀린 몸이 소리도 없이 침구 위로 허물어졌다.

신사는 똑바로 선 채 꿈쩍도 하지 않고 있었다.

가즈에 뒤에 있는 맹장지를 타고 피가 줄줄 흘러 다

다미에 스며들었다.

　신사의 손에서 칼이 툭 떨어졌다.

　그때까지 무표정이었던 얼굴이 돌연 무참히 일그러졌다.

　"가즈에 씨, 가즈에 씨."

　신사는 가즈에의 몸에 매달려 자기 몸에 피가 묻는 것도 아랑곳 않고 흐느껴 울었다.

　겨우 고개를 들었을 때 그의 얼굴에는 피로감과 허탈감이 감돌고 있었다.

　신사는 울다 지친 어린아이 같은 얼굴로 휘청이며 일어난 뒤 정좌를 하고 한동안 멍하니 있었다. 얼굴이며 손에 묻은 피가 벌써 굳기 시작했다.

　신사가 멍하니 이쪽을 봤다.

　비 오는 밤의 창밖을 무심히 바라본다.

　문득 그의 눈길이 처마 끝에 매달린 새장에 머물렀다.

　새장은 여전히 세찬 바람에 간들간들 흔들리고 있었다.

　신사는 새장을 빤히 바라보다 이내 두리번거리며 다다미 위에서 뭔가를 찾기 시작했다.

　가즈에의 몸과 침구를 들춰 뭔가를 찾고 있었다.

　그리고 그는 원하던 것을 찾아냈다.

　기모노의 띠 위에 두르는 연분홍색의 고정 끈.

　그는 손가락을 천천히 움직여 그 끈으로 고리를 만들었다. 그 고리를 자신의 목에 걸고 제대로 죄이는지 어떤지 확인하고 있었다. 눈빛이 차분해서 뭔가 특별한 일을 하고 있다고는 보이지 않았다.

그는 몸을 힘겹게 일으키더니 새장 쪽으로 갔다.

새장이 매달려 있는 쇠고리를 손으로 잡아당겨 강도를 확인했다.

신사는 이 정도면 됐다는 듯 고개를 끄덕이고는 그 쇠고리에 자신의 목과 연결된 연분홍색 끈을 휘감았다. 여러 번 친친 둘러 감아 단단히 묶었다.

만족한 듯 한숨을 후유 쉰 다음 누워 있는 가즈에를 한 번 더 바라봤다.

마지막에 뭐라고 했는지는 알 수 없었다. 안녕, 이라고 말했는지, 가즈에 씨, 라고 말했는지.

다음 순간 신사는 어둠 속으로 몸을 날리고 있었다.

덜컥, 하고 큰 힘이 가해진 새장이 심하게 흔들렸다.

그러나 새장의 흔들림은 곧 멎었다. 어두운 그림자가 새장 곁에 축 늘어지고 세찬 비바람이 내리치는 어둠 속에 텅 빈 새장만이 고요히 정지해 있었다.

34 —————————————

나는 처음부터 쭉 지켜보고 있었다. 가즈에가 살해되는 광경을, 살해한 남자가 스스로 목을 매는 광경을. 그것이 '강제 동반 자살'이라는 것은 나중에 누가 가르쳐줘서 알게 됐다.

동반 자살. 다네히코 씨가 옛날에 고향에서 누군가와 시도했다는 동반 자살. 나는 그것을 목격했다. 가즈에의 목에서 뿜어져 나오는 피를 봤다. 맹장지를 타고 줄줄 흘러내리는 피를 봤다. 신사가 내리친 칼의 둔한 빛을 봤다.

그뿐만이 아니다. 그 폭풍우 치는 밤, 신사가 이야기하는 것을 똑똑히 들었다. 마치 연극처럼 가즈에의 방에서 펼쳐진 동반 자살극을 본 기억이 있다.

그럴 리 없다고 누군가가 말했다. 사람들은 내가 그것을 봤을 리가 없다고 했다. 그 세찬 폭풍우 속에서 어떻게 신사의 말소리가 들렸느냐고 몰아세웠다. 나중에 사정을 듣고는 머릿속에서 멋대로 이어 붙이고 신사가 한 말인 양 지어낸 것이 아니냐고 했다.

말뚝 주위를 뱅글뱅글 돌고 있는 붉은 개가 보인다. 린이 개에게 밥을 주고 있다.

하지만 나는 봤다. 신사가 입고 있던 큰까마귀 같은 외투. 가즈에의 소매에서 떨어진 빨간 색연필. 침구에 꽃잎처럼 흩뿌려진 선혈. 신사가 들고 있던 연분홍색 끈.

그 증거로 나는 그림을 그렸다. 두 사람의 자살극을 그림으로 세세히 남긴 것이다.

나는 본 것밖에 못 그린다. 불길한 것밖에 못 그린다. 피비린내 나는 것이라면 그 옛날 에도시대에 사람들의 흥미를 돋우는 사건 사고를 글과 그림으로 인쇄한 소식지인 기와판의 화공처럼 세세한 부분까지 생생하게 똑같이 그릴 수 있다. 아름다운 구가하라의 그림은 그리지 못하건만.

그래서 나는 그림을 그렸다. 맥없이 쓰러지는 가즈에를, 칼을 내리친 신사의 이상하게 차분한 표정을.

나는 역시 악마일지도 모른다.

참극을 목격해도 나는 아무것도 느끼지 않았다. 나를 낳아준 엄마가 칼에 베여 죽는 광경을 봤는데도 슬프지가 않았다.

나는 봤다. 죽어가는 두 사람을 가만히 지켜봤다. 그래서 그 그림을 그린 것이다.

35 ———————————————

이리하여 나는 세 명의 엄마 중 한 명을 잃었다.

그토록 처참한 참극이었건만 그 후에 어떤 소란이 일었는지는 기억이 없다. 가즈에가 있던 방은 곧바로 맹장지와 다다미가 교체되어 참극의 흔적을 보여줄 만한 것은 다 없어졌다. 처마 끝에 있던 새장도 어딘가에 치워졌다. 아무 일도 없었던 것처럼 추월장의 일상이 돌아왔다.

예전부터 추월장에서는 종종 사람이 없어졌다. 폐병을 앓던 여자나 수다스러운 여자가 어제는 있었나 싶다가도 이튿날이면 사라져 있었고 손님이 교류부에서 쓰러졌을 때도 어딘가로 옮겨졌다.

그 카메라맨의 시신이 사라진 뒤 모든 사람들이 입을 다무는 것을 보고, 전에도 입을 열어서는 안 되었고 사람이 그림자처럼 사라진 일이 많았다는 것을 확신할 수밖에 없었다.

가즈에가 사라졌을 무렵부터 추월장의 침묵은 본격적으로 무거워진 것 같았다.

낮에는 '카키색' 남자들이 더 많이 드나들며 굳은 얼굴로 뭔가를 논의했다. 남자들이 언쟁하는 일은 그 어느 때보다도 늘어났다. 옆에서 봐도 심각한 대립이 있다는 것을 알 수 있었다. 개혁파니 천명이니 천자님이니 하는 투박하고 거창한 말이 오갔다.

아아, 싫다, 싫어.

어느 날 사야코가 갑자기 책을 내던지고 내뱉듯이 말했다.

나는 깜짝 놀라서 사야코를 쳐다봤다.

요즘 수업은 사야코가 공부를 가르쳐주는 대신 각자 책을 읽는 것이 대부분이었다.

사야코는 얼마 전부터 마음이 딴 데 가 있는지 내게 말도 거의 걸지 않고 책을 읽을 때도 같은 페이지를 펼친 채 멍하니 앉아만 있었다. 이렇게 격한 어조로 불평을 하는 것도 웬만해서는 없는 일이었다.

뭐가 개혁이고 혁명이야. 얼굴 맞대고 입만 놀리는 거면서.

혁명이 뭐야?

내가 묻자 사야코는 내가 있다는 것을 그제야 알았다는 듯이 "어머" 하고 나를 봤다.

혁명.

사야코는 다시 말한 뒤 경멸에 찬 얼굴로 조소했다.

한마디로 말하면 헛소동이야.

헛소동. 나는 입속말로 따라 말해봤다. 그 공허한 울림.

텅 빈 신여를 메고 행진하는 셈이지.

신여, 에서 나는 고개를 갸웃했다. 이름을 들은 적은 있어도 본 적은 없었던 것이다.

돌연 사야코의 표정이 바뀌었다. 경멸은 사라지고 선망 같기도 하고 동정 같기도 한 기묘한 표정이 떠올랐다.

그런데도 그 사람들은 신여를 멜 작정인 거야. 신위가 들어 있지 않다는 걸 어렴풋이 알면서도. 어차피 그 사람들은 제례의 목적 같은 건 아무래도 상관없는 거지. 신여를 멘다는 열광적인 감정을, 신여를 멘다는 연대를 원하는 것뿐이니까. 신여를 메는 것 자체가 목적이 되어버려서 머릿속에는 그것밖에 없어. 본래의 목적은 어디로 갔는지. 마을의 안녕을 위해 신을 모시고 신사로 무사히 보내드려야 한다는 걸 잊고 있어. 자신들의 만족에만 급급할 뿐 그런 건 요만큼도 안중에 없지.

사야코가 무슨 소리를 하는지 나는 전혀 알아듣지 못했다.

단숨에 이야기를 마친 뒤 사야코는 나를 흘깃 봤다.

웬일로 띤 부드러운 표정을 보고 나는 움찔했다.

그 표정은 가즈에가 칼에 베이기 전에 잠깐 제정신

을 되찾았을 때의 일을 떠올리게 했기 때문이다.

어쩔 수 없이 얽힌 너도 참 불쌍하구나.

사야코는 어리둥절해하는 내 머리를 살며시 쓰다듬었다.

넌 이미 충분히 망가졌는데 말이야. 그놈들의 축제를 위해 네 시간을 희생양 삼았는데, 네 시간을 잔혹하게 빼앗기고 있는데.

사야코가 당최 무슨 소리를 하는지 몰랐다. 사야코가 '그놈들'이라고 한 것이 '카키색' 남자들이라는 것은 알 수 있었지만 그들과 내가 무슨 상관이라는 걸까. 제대로 대화를 나눈 적도 없거니와 내 존재를 알고 있는 사람은 '카키색' 중에는 구가하라밖에 없는데.

내가 이해하지 못한다는 것을 알면서도 사야코는 내게 말했다.

잘 기억해두렴. 너한테는 그놈들과 어울려야 할 의무 따위 없다는 걸. 그동안 해온 걸로도 충분해, 더 이상은 필요 없어.

사야코는 창밖을 가리켰다.

잘 들어, 무슨 일이 생기면 여기서 나가야 해. 여기서 있었던 모든 일을 잊어야 해. 여기에 살았다는 것도, 여기서 겪었던 일도 싹 다 버리렴.

어디로 도망가야 하는데?

나는 당황해서 물었다. 이곳을 나간다. 여기서 있었던 모든 일을 잊는다. 여기서 있었던 모든 일을 버린다. 그것은 지금껏 살아온, 그리 길지도 않은 내 인생을 부정하는 일이었다. 이곳을 떠난 나를, 그 이후의 나를 아무리 애써도 머릿속에 그릴 수가 없었다.

그곳으로.

사야코가 이 방에서는 보이지 않는 그 장소를 가리키고 있다는 것은 금방 알 수 있었다.

밤이 끝나는 곳. 그곳으로 가렴.

어둠 속의 회색 삼각형이 눈에 아른거렸다.

뒤돌아보면 안 돼, 그곳을 향해 쉬지 않고 걸어가렴.

사야코도 같이 가는 거지?

나는 그렇게 물어봤다. 혼자 추월장을 나오다니, 그런 생각은 해본 적도 없다.

사야코는 웃으면서 고개를 갸웃거렸다.

그러게. 같이 갈 수 있으면 좋겠는데. 그럴 수 있으면 같이 갈게.

대답 같지 않은 대답이었다.

나와 사야코가 함께 이곳을 나가는 일은 없는 것이다.

이때 나는 그렇게 직감했다.

나는 혼자서 이곳을 나가야 하는 것이다.

그 직감은 옳았다. 그리고 훗날 이따금 생각나는 사야코의 웃는 얼굴은 언제나 이때의 웃는 얼굴이었다.

36 ────────────────

다네히코 씨가 장작을 패고 있다.

도끼를 들고 오직 장작을 패는 데만 집중하고 있다.

그날 이후 다네히코 씨는 조금 변했다. 겉보기에는 딱히 변한 것이 없었고 여전히 일도 열심히 하지만, 가끔 멈춰 서서 불안한 듯 주위를 두리번거리고 머리를 세차게 흔들었다.

사건 자체는 잊은 듯해 모두가 안심하고 다네히코 씨를 지켜보는 것을 알 수 있었다. 물론 옛날 기억도 돌아오지 않았다. 마사 씨도 가끔 다네히코 씨의 모습을 멀리서 주시하곤 했다.

다네히코 씨가 장작을 패고 있다.

그것은 낯익은 풍경이었다. 일상의 한구석에서 어쩐지 알고 있는 들판의 꽃 같은 존재.

그러나 나는 그 풍경에 위화감을 느꼈다.

리듬이 다르다. 템포가 다르다. 그런 기분이 들었다.

다네히코 씨의 장작 패기 리듬은 항상 일정했다. 듣고 있으면 마음이 들썽들썽하는 명랑한 템포로, 장작이 갈리는 짝 소리가 상쾌하기까지 했다.

그런데 최근에는 다네히코 씨가 장작을 패는 소리를 들어도 시원하지가 않았다.

이따금 묘하게 뜸을 들이는가 싶으면 들입다 내리치듯이 계속되기도 했다.

마치 다네히코 씨가 스스로를 어떻게 받아들여야 할지 몰라 당황하는 마음을 표현한 것처럼 느껴졌다.

다네히코 씨의 머릿속은 어떻게 되어 있을까. 그때 남자의 얼굴을 거머쥐고 땅바닥에 처박았을 때의 감촉이 손에 남아 있지는 않을까.

"다네히코 씨가 장작 패는 방식이 예전이랑 달라졌어."

마음에 까슬까슬한 불안이 돋는 것을 느끼고 나는 린에게 말을 걸어봤다.

"별로 달라진 것도 없는데? 그런데 요즘 두통이 생겼다고 하긴 했어. 이번에 미노 선생님한테 약 받을 거래."

린이 어깨를 움츠린다.

"그 개는?"

"요즘엔 안 와. 어디로 가버린 걸까."

린은 양동이를 들고 건물 뒤편에 있는 우물로 갔다.

짝, 짝, 하고 뒤뜰에 장작을 패는 소리가 퍼진다.

그 어딘지 모르게 짤막하고 부자연스러운 리듬이 나

를 몹시 불안하게 만들었다.

37

추월장 최후의 나날. 그렇게 읊조려
본다.

추월장. 최후의 나날.

그렇게 말해봤을 뿐인데 가슴이 미어져 미칠 것 같
은 기분이 든다.

사람들은 내 이야기를 듣고 비참하다고 한다. 끔찍
하고 저속하고 믿기지 않는 이야기라고 한다.

예상치 못한 혐오를 드러내는 사람도, 경멸을 퍼붓
는 사람도 있다. 한편 눈을 반짝이며 노골적으로 호기
심을 드러내는 사람도 있다. 내가 지어낸 이야기라며
망상으로 치부하는 사람도 있다.

추억을 평가할 수 있는 사람이 어디 있어?

사야코의 목소리가 들린다.

추억은 내 것이야. 나만의 것. 그 누구도 평가하게

두지 않을 거야.

이는 사야코가 아직 활력이 있을 무렵의 목소리다. 사야코가 내 선생님으로 있어줬을 무렵. 나를 비짱, 이라고 불러줬을 무렵. 하지만 사야코가 정말 그렇게 말했는지는 이제 모르겠다. 사야코가 그렇게 말해주기를 내가 바랐을 뿐이고, 그렇게 말해줬다고 착각하는 걸지도 모른다.

추월장에서의 나날을 떠올리려 할 때마다 번번이 형용할 수 없는 불안과 불쾌감에 휩싸인다.

그뿐만이 아니다. 그 고약한 두통이 시작된다. 육체적 고통이 입속을 쓴 침으로 가득하게 해 구역질이 나게 한다.

이유는 알고 있다.

지금까지도 추월장에는 수많은 죽음이 있었다. 엄청난 양의 피가 흐르고 수많은 죽음이 어둠에 묻혔다. 각각의 죽음에 어떤 사정이 있고 어떤 이유로 표면화하지 못했는지는 알지 못하고 궁금하지도 않다. 그 카메라맨의 죽음이 그랬듯이 그 죽음들은 나에게 기호에 불과했다.

하지만 앞으로의 죽음은 그렇지 못하다.

내 세상에 들어와 내 세상을 만들고 내가 많이 사랑한 사람의 죽음에 관해 이야기해야 하기 때문이다.

사랑하는 사람. 그렇게 말해놓고 당혹감을 느끼고 있다. 당시 내 안에 그런 어휘는 없었다. 지금도 본래의 의미대로 가지고 있다고는 생각하지 않는다.

구가하라에게 품었던 감정조차 자각하지 못한 나다. 그 무렵 주위 사람들에게 느꼈던 감정이 무엇인지 딱 들어맞는 말을 아직도 찾지 못했다.

다만 이것만은 말할 수 있다.

참으로 추악하고 참으로 아름다운, 섬뜩하리만치 마음을 잡아끄는 추월장은 내 세상의 전부였고 그런 까닭에 그 장소를 사랑했다고. 내가 추월장에 품었던 감정이야말로 의심할 여지없이 사랑이라 할 수 있는 것이었다고.

38

사사노의 마지막 순간에 대해 이야기하는 것은 쓸쓸하다.

그 양갓집 규수가 죽었을 때 사사노의 많은 부분도 이미 죽고 말았다. 그날 이후 사사노는 타고 남은 재 같아서 처음에는 모두가 보고도 못 본 척을 했지만 이윽고 정말로 보이지 않게 됐다.

어떤 의미에서는 세간을 떠들썩하게 하고 가십 대상이 되었을 때가 그나마 나았을지도 모른다.

세간이 떠들썩하다는 것은 그만큼 사람들이 사사노에게 관심을 쏟고 있다는 것이며 가십 기사 덕분이기는 하나 그의 소설을 읽는 사람도 많아졌기 때문이다.

본래 사사노는 고독을 견디지 못하는 사람이었다. 남들이 신진 작가라며 추어올리고 여자들이 마음 써주는 것을 특히 좋아한 그는 혼자 있는 것보다 욕하고 비

웃어도 좋으니 곁에 사람이 있는 편이 훨씬 좋다고 무심코 털어놓을 정도였다. 고독을 달래기 위해 쓰기 시작한 소설은 차츰 번화가를 드나들며 화제의 중심이 되기 위한, 누군가의 관심을 얻기 위한 도구로 전락했다.

결국 나는 그의 소설을 읽지는 않았지만 추월장에서는 한 작품도 쓰이지 않았으며 이 무렵 그의 작품은 볼만한 가치가 없다는 것이 정설로 여겨진 듯하다.

그는 잊혀갔다.

떠들썩하지 않고 읽지 않았다. 작가로서의 그도 죽은 것이나 마찬가지였다. 어느 쪽의 죽음이 더 괴로웠는지는 모른다. 사사노는 거의 망가졌고 그곳에 있어도 아무도 알아채지 못하는 존재가 됐다.

이따금 문득 제정신이 들 때가 있었는데 그때가 훨씬 비참했다.

대부분의 시간을 방에서 웅크리고 보내던 사사노가 얕은 잠을 자는 사이사이에 예전 습관이 떠올랐는지 홀쩍 밖으로 나와 우물가에서 얼굴을 씻으려 한 적이 있었다.

아, 좋은 아침, 하고 예전처럼 인사를 하려다 말이 잘 나오지 않는다는 것을 깨닫고 답답하면서도 이해할 수 없다는 표정을 짓고 멈춰 섰다.

겁먹은 얼굴로 주위를 둘러본 뒤 수염이 덥수룩하고 거칠거칠해진 얼굴에 손을 살짝 대보고는 독충이라도 만진 듯이 황급히 손을 뗐다.

그리고 얼굴에 그 표정이 떠오른 것이다.

자신이 어디에 있는지 생각날 듯한 표정. 자신이 어떤 상황에 처했고 무엇을 잃었는지가 어렴풋이 생각날 듯한 표정.

그것은 괴롭고 비참하고 절망에 찬 얼굴이었다. 예전의 사사노가 겪었던 감정의 요동이 얼핏얼핏 되살아나려는 것을, 현실을 받아들이지 못할 것이 틀림없다는 직감에 따라 다시 물속 깊은 곳으로 가라앉혀야겠다는 무의식중의 필사적인 노력이 훤히 보이는 것이다.

견디기 힘든 현실에서 꼬리를 내리고 도망가듯 그는 등을 구부리고 방 안으로 돌아갔다.

여자들은 그런 그의 모습을 멀찍이서 지켜봤지만 아무도 어떻게 해볼 도리가 없었다. 아내 곁으로 돌려보내는 것도 생각해본 모양이지만, 이 상태로 돌려보내는 것은 부부 모두에게 가혹한 일인 데다 무엇보다 추월장의 존재가 알려질까 봐 두려워한 것 같았다. 사사노는 서서히 죽어가 우물가에 나타날 때마다 약해졌다.

그리고 한 번 더 그가 제정신이 든 순간이 있었다.

아니, 저건 제정신이 든 게 아니야, 오히려 혼란스러워하는 것 같은데? 하고 누군가가 말했지만, 나는 그가 제정신이 든 것으로 생각하고 싶었다.

하지만 그가 마지막에 보인 제정신의 순간은 재앙이 시작되는 순간이기도 했다.

39 ————————————————————

　　　　　　깊은 산속에 고립된 추월장에도 시
대의 공기는 물이 배어 나오듯 조금씩 전해져왔다.

　손님의 입을 통해 알게 되었는지 여자들도 대륙이니
건국이니 무슨무슨 사변이니 하는 말을 입에 담게 되
었고 먼 구라파에서 전쟁이 시작될 것 같다는 이야기
가 들려왔다.

　나는 신기한 생각이 들었다.

　전쟁이라는 것은 역사책 속에서 벌어지는 일이며 과
거의 일인 줄로만 알았다. 책 속에 쓰여 있는 것은 이
미 끝난 일이므로 이제부터 전쟁이 난다는 말이 믿기
지 않았던 것이다.

　역사라는 것 자체가 오래전에 끝난 화석 같은 것이라
고 생각한 나로서는 역사가 현재도 진행 중이며 '현재'

가 이윽고 역사가 된다는 것도 잘 와닿지가 않았다.

추월장에 시대의 공기를 가장 많이 몰고 온 것은 역시 '카키색' 무리였다.

그들은 이제 밤마다 떼 지어 몰려왔다. 그들이 내뿜는 공기는 갈수록 살기등등해지더니 뭔가 서늘하고 심상치 않은 것을 몸에 걸치고 있다는 것을 더는 숨기지 않게 됐다. 물론 '교류'하러 가는 사람도 있었지만 그쪽은 둘째 치고, 그들은 몇 시간씩 응접실에 틀어박혀 논의를 거듭했다.

구가하라가 자주 찾아오게 된 것은 반가웠지만 최근 그의 표정은 딱딱하기만 했다. 예전처럼 훌쩍 와서 자작과 저녁 반주를 할 만한 여유가 없어졌는지 다른 '카키색'과 붙어 다니며 대화에 열중했다. 더는 내게 관심을 보이거나 웃어주지도 않게 되어 속상했다.

사야코는 여전히 그런 '카키색'들을 싸늘한 눈으로 봤지만 이제 내게 '신여'가 어떻고 하는 이야기는 하지 않게 됐다.

그날 종려나무 사이에 숨어 있는데, 웬일로 '민달팽이'가 '달마 씨'와 이야기하는 것이 엿보였다.

최근에는 '민달팽이'마저 '교류'보다 회의에 무게를 두는 모양인데 그것이 시대의 공기를 가장 단적으로 보여주는 것 같았다.

논의 내용은 잘 모르겠지만 '민달팽이'와 '달마 씨'의 의견이 대립하는 것 같았다. 두 사람이 이야기하는 중

간중간에 얼굴이 불그레한 '언두부'와 '먼지떨이'가 끼어들어 끊임없이 불평을 해댔다.

대립의 중심인 '민달팽이'와 '달마 씨'는 결코 격앙된 태도를 보이지 않는데, 주위가 끊임없이 흥분하고 호들갑을 떠는 것이 우스꽝스러웠다. 한편 구가하라는 매번 조용히 앉아 있었다.

문득 '민달팽이' 근처에 그 아이가 나타난 것이 눈에 들어왔다.

학생복을 입은 그 소년 말이다. 아주 오랜만에 본다.

열린 창밖에 있는 소년은 응접실에서 논의 중인 '민달팽이'를 뭔가 할 말이 있는 표정으로 빤히 바라보고 있었다. 물론 '민달팽이'와 다른 '카키색'들은 소년의 존재를 알지 못한다.

나는 조용히 스케치북을 펼쳤다.

소년의 몸 전체를 가까이서 보는 것은 처음이므로 이런 기회를 놓칠 수는 없었다.

소년은 '민달팽이'를 빤히 보고 있었다.

그것이 무슨 표정인지는 잘 알지 못했다. 원망의 눈초리도 아니지만 그렇다고 친밀한 느낌도 아니다.

속눈썹이 기네, 하고 생각하며 옆얼굴을 스케치했다. 단정하고 아름다운 옆얼굴을.

저 소년은 도대체 누구일까. '민달팽이'와는 어떤 관계일까. 그런 궁금증이 일었다.

'먼지떨이'와 '비수'에게 들러붙어 있는 것은 그들 손에 죽은 사람들이리라는 짐작이 갔다. 원한에 사무쳐 있는 데다 그 끔찍한 모습에서 비명횡사했다는 것이 엿보였기 때문이다.

'달마 씨' 뒤에 있는 갓난아기를 품에 안은 젊은 여자는 어쩌면 친척이 아닐까 하는 생각이 들었다. '달마 씨'와 의사소통을 하지 못해 슬퍼하는 기색이었고 얼굴에서 풍기는 느낌도 비슷하기 때문이다.

하지만 저 소년은 잘 모르겠다.

'민달팽이'를 닮지 않은 것으로 보아 혈연관계는 아닌 듯했다. 전에 관자놀이에 피를 흘린 채 '민달팽이'의 군복 깃에 매달려 있는 모습을 봤지만 그때를 제외하면 항상 이런 식으로 '민달팽이'를 조용히 바라보기만 해서 그를 원망하는 것 같지는 않았다.

정신없이 연필을 놀리고 있는데 갑자기 소년이 이쪽을 돌아봤다.

그 눈이 나를 보고 내 존재를 알아차렸다.

나는 흠칫 굳어 손을 멈췄다.

놀랐다. 그에게는 내가 보인다. 나와 눈이 마주친 것을 알고 있는 것이다.

맑고 커다란 눈망울. 입술을 살짝 벌리더니 뭔가 말하려 한다.

어쩌면 말을 주고받을 수 있지 않을까. 가슴이 두근거렸다.

그러나 자세히 보니 그는 내가 아닌 내 뒤를 보고 있

다는 것을 깨달았다. 종려나무 사이에 있는 내가 아니라 내 대각선 뒤를.

나는 슬쩍 대각선 뒤를 쳐다봤다.

그곳에 누군가가 쓸쓸히 서 있었다.

젊은 여자의 가녀린 실루엣.

그 서 있는 모습이 눈에 익었다. 담갈색 블라우스. 연지색 하이힐.

앗, 하고 생각했다. 이 사람은 사사노를 찾아왔던 그 양갓집 규수가 아닌가. '민달팽이'에게 겁탈을 당해 계곡에 몸을 던진 처녀.

하지만 그녀에게는 얼굴이 없었다. 머리카락은 있지만 얼굴 부분이 크게 떨어져 나가 그곳은 회색 동굴이 되어 있었다.

불쌍하게도 몸을 던졌을 때 얼굴을 잃어버렸으리라.

소년은 틀림없이 이 처녀를 보고 있다. 나와 눈이 마주쳤다고 생각한 것은 내 착각이고, 소년은 자신과 '동류'인 존재에 반응한 것이다.

처녀는 자신이 처한 상태가 익숙지 않은지 당혹스러워하며 사방을 두리번거렸다. 말이 그렇지, 머리가 좌우로 움직이고 발을 조촘조촘 떼는 모습을 보고 두리번거리는구나, 하고 짐작했을 뿐이지만.

처녀는 뭔가를 찾듯이 손을 앞으로 뻗었다. 어둠 속을 손으로 더듬대며 나아가듯 한 발짝 내디딘다. 얼굴이 없는 탓에 실제로 어둠 속에 있는 것처럼 느낄지도 모른다.

이런 몰골이 되어서도 사사노를 찾고 있는 것이다. 처녀는 어색하고 위태로운 발걸음으로 정원을 돌아다 녔다. 그날 나무 쪽문을 열고 정원에 들어왔을 때처럼.

소년은 한동안 처녀가 돌아다니는 모습을 지켜보다 어디론가 쓱 가더니 내 시야에서 사라졌다.

나는 스케치북을 품에 안고 숨을 멈춘 채 처녀가 이 리저리 헤매는 모습을 지켜봤다.

이 세상에 미련을 버리지 못한 사람은 이런 식으로 나타나는 걸까. 얼굴이 없어져도, 이형의 모습이 되어 서도.

그나저나 처녀가 바로 저 앞에서 돌아다니는데도 응 접실의 '카키색'들은 여전히 전혀 알아차리지 못하는 것이 늘 그렇듯이 기묘했다. 다만 그들은 직업의 특성 상 죽은 자를 일일이 알아채면 못 버틸지도 모르지만.

처녀를 눈으로 좇고 있는데 정원 구석에 또 다른 누 군가가 있었다.

언제부터 저기에 서 있었을까.

뭔가를 감지했을지도 모른다. 이제 '카키색'들의 세 상보다 그녀가 사는 세상에 더 가까울 테니.

사사노가 있다. 멍하니, 사사노야말로 귀신인 양 우 두커니 서 있었다.

그는 한동안 못 본 새에 더 말라 뼈만 앙상하게 남아 있었다. 옷이 너무 헐렁해서 마치 포대 자루를 걸친 듯이 보였다. 덥수룩한 수염과 핼쑥한 얼굴. 한때 사람들을 매료했던 그 모습은 더 이상 남아 있지 않았다. 낯빛이 어찌나 형편없는지 흙빛이라기보다 회갈색에 가까워 누가 봐도 곧 죽을상이었다.

사사노는 양어깨를 삐딱하게 올리고 허공의 한 점을 눈도 깜빡이지 않고 뚫어지게 응시했다.

그 시선 끝에는 그 처녀가 있지만, 그도 처녀도 서로의 존재를 알아차리지 못하는 것 같았다.

그런데 사사노가 눈알을 살짝 움직여 눈앞에 누군가가 있는 것을 인식하는 듯이 굴었다.

몸이 움찔하더니 신경질적으로 부들부들 떨기 시작했다.

사사노는 고개를 느릿느릿 움직여 사방을 둘러봤다. 지금 자신이 어디에 있고 어떤 상황에 처했는지를 얼마나 이해하고 있는지는 알 수 없었다. 다만 오랜만에 밖으로 나와 그 모든 것을 이해하려 애쓰는 것 같았다.

문득 사사노의 눈이 초점이 맞았다.

그 초점 끝에는 처녀가 아닌, 응접실 창가에 앉아 있는 '민달팽이'의 뒷모습이 있었다.

사사노의 얼굴이 순식간에 검붉게 물들고 증오에 찬 표정을 띠었다. 오랜만에 보는 인간적인 감정이었다. '민달팽이'가 자신의 분노의 대상이라는 것을 기억해낸 것이다.

돌연 사사노가 '민달팽이'를 향해 겅둥겅둥 걷기 시

작했다.

그제야 비로소 사사노가 손에 뭔가를 들고 있다는 것을 깨달았다.

거무스름하고 큼직한 종이끼우개.

나는 심장을 움켜잡힌 듯해 소름이 끼쳤다. 저것은, 내.

사사노가 손에 쥔 것은 내 종이끼우개였다. 그동안 그린 스케치를 한가득 끼워놓아 화첩처럼 만든 것이다. 그리고 하필이면 '카키색'에게 들러붙어 있는, 그 이형의 존재들의 모습을 그린 것만 모아놓은 것이다.

사사노가 어떻게 저걸 가지고 있을까. 내 방에 들어가서 가지고 나온 걸까. 사사노는 내 방에 들어가기는 커녕 웬만해서는 집 안의 다른 곳으로 가는 일이 없다.

나는 당황했다. 사사노는 저걸 어떻게 할 작정일까. '카키색'이 보기 전에 얼른 가져와야 하는데.

그렇다고 여기서 나갈 수도 없고, 나는 종려나무에 둘러싸인 비밀 장소에서 애를 태워야 했다.

사사노는 종이끼우개를 양손에 들고 팔을 쭉 뻗더니 느닷없이 '민달팽이'의 등을 퍽퍽 때리기 시작했다.

놀란 '민달팽이'가 뒤를 돌아 악귀 같은 얼굴의 사사노를 보고 흠칫했다가 다시 찬찬히 들여다본 뒤 그제야 그가 사사노라는 것을 알아본 듯했다.

"작가 양반, 아직도 여기서 지내나?"

어이가 없다는 말투다.

"너 이놈, 네놈이, 네놈이!"

사사노는 새된 괴성을 지르며 종이끼우개로 '민달팽이'를 계속 때렸다. 인상을 쓴 '민달팽이'가 사사노의 팔을 붙잡으려 한다.

"네놈이, 네놈이이!"

사사노의 카랑카랑한 목소리는 높게 갈라지고 이제 '민달팽이'를 마구 후려치는 지경에 이르렀다.

'민달팽이'가 지겹다는 얼굴로 사사노의 손을 붙잡았고 두 사람은 밀치락달치락했다.

응접실에 있던 다른 사람들도 자리에서 일어나 이 기묘한 몸싸움을 입을 딱 벌리고 지켜봤다.

'민달팽이'가 종이끼우개를 잡아챈 순간 속에서 스케치가 스르륵 빠져나와 응접실 안에 흩날렸다.

누군가 앗 소리쳤다. 내가 그린 그림이 응접실 안을 흩날리는 것을 보고 나는 속으로 '아뿔싸' 하고 외침과 동시에 두 눈을 질끈 감았다.

사사노는 그 자리에서 가쁘게 몰아쉬던 숨을 고르고 있었다.

그 숨소리를 제외하고 사방은 쥐 죽은 듯 조용했다.

침묵이 얼마나 흘렀을까.

나는 조심스레 눈을 떴다. 온몸이 식은땀으로 젖어 있었다.

모두가 내 그림을 보고 있었다. 주워서 보는 사람도 있었다.

'민달팽이'가 우뚝 서서 내 그림을 보고 있다.

저렇게 얼굴이 시퍼렇게 질린, 저렇게 동요하는 '민달팽이'를 보는 것은 처음이었다.

스케치를 쥔 손을 벌벌 떨고 있다.

이윽고 스케치를 사사노에게 불쑥 들이댔다. 그 학생복 소년의 그림을.

"이봐, 이거 네가 그렸나?"

'민달팽이'는 사사노의 목을 매달 듯한 기세로 그의 멱살을 움켜잡았다.

"대답해. 네가 어떻게 이 애를 알지? 어디서 봤나? 어디서 보고 이 녀석 그림을 그렸느냔 말이다!"

'민달팽이'는 핏대를 올리며 멱살을 쥔 손을 조였지만, 사사노는 완전히 넋이 나가 또다시 눈의 초점이 맞지 않았다. 한순간 '민달팽이'에 대한 분노가 되살아났지만 벌써 잊어버린 것이리라.

'민달팽이'뿐만 아니라 다른 '카키색'들도 동요하고 있었다. '먼지떨이'가 눈알이 튀어나올 듯이 내가 그린 스케치를 보고 있었다. 그, '먼지떨이' 뒤를 따라다니는 외국인 노부부의 그림을 발견했으리라.

"대답해! 어디서 봤지? 왜 네가 놈을 알고 있느냔 말이다!"

'민달팽이'가 격앙된 반응을 보였다. 그 모습이 심상치 않다는 것을 느끼고 나도 모르게 몸을 움츠렸다. 저 그림을 내가 그렸다는 걸 들키면 어쩌지? 뭐라고 대답해야 할까.

그러나 사사노는 전혀 반응하지 않았다. '민달팽이'
가 닦달하며 목을 조이는 대로 당하고만 있었다.

"어떻게 이런 일이. 말도 안 돼."

'민달팽이'가 돌연 사사노를 밀쳐냈다.

"놈은 죽었어. 죽은 지 10년도 더 지났다고."

자리에 힘없이 주저앉는 사사노와 우뚝 서서 스케치
를 넋을 잃고 보는 '민달팽이'.

도대체 그 소년은 누구일까. 새삼 궁금해졌다. '민달
팽이'를 이렇게까지 반응하게 만드는 그 소년이.

이 소란이 벌어진 사이 얼굴 없는 처녀는 멈춰 서서
몸을 흔들흔들 가누지 못하고 있었다. 무슨 일이 일어
났으리라 짐작은 할 테지만 이해하는 것처럼 보이지는
않았다.

목숨을 잃는 원인을 제공한 두 남자 곁에 처녀가 서
있는 이 광경이 지독히 그로테스크해서 한순간 우스꽝
스럽게 느껴졌다.

문득 주저앉아 있던 사사노가 고개를 들어 처녀 쪽
을 봤다.

짧은 침묵의 순간. 어떤 존재를 느낀 것이리라.

갑자기 사사노가 정신을 차렸다. 눈이 휘둥그렇게
커졌다.

"하쓰코…… 하쓰코?"

나는 흠칫 놀랐다.

사사노의 눈은 몸을 흔들고 있는 처녀의 모습을 정

확히 포착한 것이다.

얼굴이 없는 대신 회색 동굴을 지닌 가녀린 그 처녀를.

사사노의 눈은 순식간에 공포와 경악으로 가득 찼다. 그러면서도 눈을 떼지 못한 채 처녀를 뚫어지게 쳐다본다.

"하쓰코."

사사노는 손으로 입을 막고, 모습이 끔찍하게 변한 처녀를 보며 와들와들 떨기 시작했다.

처녀는 여전히 몸을 좌우로 흔들고 있었다.

"용서해줘."

사사노는 목구멍에서 "끽" 하는 쉰 목소리를 내더니 처녀에게 합장을 했다.

"이봐, 갑자기 왜 그래?"

'민달팽이'는 어안이 벙벙한 듯 사사노의 시선 끝을 바라보지만 그에게는 처녀의 모습이 보이지 않는지 수상쩍은 눈길로 사사노와 사사노의 시선 끝을 번갈아 봤다.

"용서해줘, 하쓰코."

사사노는 납죽 엎드려 바닥에 코를 박고 몸을 지키듯이 머리를 감쌌다.

몸을 흔들고 있던 처녀의 움직임이 딱 멈췄다.

사사노와 처녀. 두 사람 다 잠깐 동안 정지해 있었다.

이윽고 처녀가 손을 천천히 뻗어 불안정한 걸음으로 사사노를 향해 다가갔다.

아무래도 처녀도 사사노를 인식한 듯하다. 그녀는 본능적으로 사사노를 원하고 있다. 그리운 사람, 사랑하는 사람 곁으로.

사사노는 떨면서도 고개를 살짝 들어 처녀가 자신을 향해 걸어오는 것을 보고 "으악" 하고 외쳤다.

비틀거리면서도 안간힘을 써서 일어난 뒤 비명을 지르며 거의 구르다시피 도망쳤다.

출구는 몸이 기억하고 있었는지, 한 번 넘어졌다가 황급히 일어나 뜸을 들이고 나서야 겨우 나무 쪽문을 열고 밖으로 뛰쳐나갔다.

무슨 말을 하는지 알아들을 수 없는 새된 비명 소리가 점점 멀어졌다.

그런데도 처녀는 사사노의 뒤를 따라갔다. 여전히 위태로운 발걸음으로 사사노를 쫓아갔다.

"저 녀석, 뭐야."

'민달팽이'는 어이없다는 얼굴로 사사노가 열어젖힌 나무 쪽문을 쳐다보고 있지만, 얼굴 없는 처녀가 그 뒤를 힘들게 쫓아간 것은 전혀 알아차리지 못했다.

처녀는 여기저기 부딪히면서도 가까스로 문 밖으로 나갈 수 있었다.

돌연 '민달팽이'가 날카로운 눈초리로 이쪽을 봤다.

내가 있는 종려나무 쪽을.

더욱 숨을 죽이고 몸을 움츠리는 내 쪽을 '민달팽이'가 빤히 보고 있다.

들켰다.

"어이, 거기 있는 놈. 이리 나와."

나직하고 살기 가득한 목소리.

"숨어 있는 거 다 안다. 이리 나와."

이제 죽은 목숨이라는 생각밖에 들지 않았다. 어떻게 하지? 여기서 나가면 어떻게 될까. 아까 사사노처럼 당하다 목 졸려 죽는 걸까.

"내 말 들리는 거 다 안다."

몸 전체가 심장이 된 것 같았다. 극도로 긴장한 탓에 숨이 턱 막혔다. 어떻게 하지? 누가 좀 도와줘. 사야코. 후미코. 아니, 나를 도와줬으면 하는 사람은…….

그때였다. 이 순간을 나는 평생 잊지 못할 것이다.

누군가 날렵하게 뛰어오는 기적이 있었다. 그가 재빨리 '민달팽이' 앞으로 온 것을 알 수 있었다.

"안 됩니다. 부디 가만히 내버려두십시오."

당당하고 시원시원한 목소리.

안심이 되는, 오랜만에 듣는 그 목소리.

덕분에 살았다. 말 그대로 마음에 밝은 빛이 스머드는 기분이 들었다.

"뭐냐, 구가하라. 비켜."

'민달팽이'의 목소리에는 불온한 분노가 있었다.

그러나 또 하나의 목소리는 흔들림이 없었다.

"저 애는 관계없습니다. 겁에 질렸을 테니 고함치지 말아주십시오."

"애라면, 그 애인가?"

'민달팽이'의 말투가 바뀌었다. 놀라움과 의심.

"네. 그 애입니다."

"설마."

"그렇습니다. 우리의 비장의 카드입니다."

비장의 카드.

예상치 못한 말에 나는 순간 겁먹었던 것도 잊었다.

비장의 카드라고 했다. 나를. 구가하라가. 무슨 의미일까.

이때 그가 한 이 말의 의미를 더 골똘히 생각했어야 했는지도 모른다.

하지만 나는 구가하라가 곤경에 처한 나를 구해줬다는 사실에 기뻐서 어쩔 줄을 몰랐던 것이다.

바보는 죽어야 고친다는 속담이 있는데, 이것은 진실이다. 나도 죽을 때까지 이 어리석음을 고치지 못할 것이다.

40 ─────────────────────

　　　　　그로부터 일주일 뒤 사사노의 시신
이 발견되었다.

　도심에서 떨어진 변두리에서 수면제를 먹고 수로에
뛰어든 것이다.

　사사노가 어디를 어떻게 지나갔는지는 몰라도 어쨌
든 하계로 내려갔다. 하지만 가족이나 지인을 찾아가
지는 않은 모양이다. 이름 모를 변두리 마을의 싸구려
여인숙에 머물렀다고 한다.

　그런데도 마지막 순간까지 고독을 견디지는 못한 것
같다. 어디서 알게 되었는지, 어쩌면 손님으로 만났는
지 어떤 여자와의 동반 자살이었다.

　그 여자도 자살 욕구가 있어서 함께 자살을 꾀했을
지도 모르고, 어느 한쪽이 다른 쪽을 끌어들였을지도
모른다. 아무튼 사사노는 혼자서는 죽지 않았다. 양갓

집 규수와 마찬가지로 익사를 선택한 것은 그 나름의 속죄였던 걸까.

죽은 얼굴은 의외로 평온해 보였다고 한다. 죄의식으로 괴로움 속에 살았던 현세에서 해방되어 드디어 편히 잠들 수 있었기 때문이리라.

사사노의 죽음은 양갓집 규수가 죽었을 때처럼 너도나도 앞다투어 보도하는 일은 없었다. 사람들의 관심을 끌지 못했는지 사회면에 조용히 실렸을 뿐이다.

장례식은 매우 검소하게 치러졌다.

자작과 구가하라가 참석해서 보니 생전에 거래했던 출판사에서 몇 명이 왔을 뿐, 교우 관계가 화려했던 시절의 친구는 한 명도 얼굴을 비추지 않았다고 한다.

마지막에 사사노의 아내가 짧게 인사말을 한 뒤 유골함을 안고 자작과 구가하라에게 거듭 고개 숙여 인사하고 조용히 떠나갔다.

사사노의 아내는 "부부가 오랫동안 떨어져 지냈지만 이제야 겨우 제 곁으로 돌아와줬습니다" 하고 인사했다고 한다.

41

    사사노가 떠나고, '카키색'들이 심상치 않은 논의를 이어가던 이 무렵, 나는 악몽에 시달렸다.

    언제부터 악몽을 꾸게 되었는지는 분명하지 않다. 아마 다네히코 씨가 그 카메라맨을 죽인 뒤부터였던 것 같다.

    꿈속에서 나는 추월장 정원에 몰래 침입하려고 한다. 건물 뒤편의 나무 쪽문을 열고 정원 안으로 슬슬 들어간다. 추월장은 쥐 죽은 듯 조용하고 인기척도 없는 가운데 내가 나무 쪽문을 여는 삐걱 소리가 마치 쇳소리처럼 사방에 크게 울려 퍼진다. 그러면 무서운 얼굴을 한 마사 씨와 후미코가 여기저기서 불쑥 나와서는 잡아라, 잡아라, 놓치지 마라, 하고 소리친다.

    황급히 몸을 돌려 나무 쪽문 밖으로 도망치는 나. 하지만 그곳은 짙은 어둠이며 그 어둠 속을 우왕좌왕하면서 죽기 살기로 도망치다 보면 뒤에서 엄청난 기세로 쫓아오는 그림자가 있다.

다네히코 씨다. 다네히코 씨가 나와 동반 자살을 하려고 하는 것이다. 그런 공포로 머릿속이 새하얘진다. 온 힘을 다해 달리고 있지만 뒤에서 쫓아오는 기척은 점점 살기를 더해간다.

결국 커다란 손에 머리를 콱 붙잡힌 나는 쬠쇠에 조여지듯 허공에 매달린다. 팔다리를 버둥거려도 벗어나지 못하고 다음 순간 나는 땅바닥에 처박힌다.

그 순간 나는 비명을 지르며 깨어난다.

어둠 속에서 벌떡 일어나 숨을 가누었다. 비명이 클 때는 히사 씨도 잠에서 깨 걱정해주지만, 괜히 찜찜해서 얼버무리느라 쩔쩔매곤 했다. 온몸이 땀으로 흠뻑 젖어 더없이 불쾌했다.

다른 꿈도 꾸었다. 이 꿈에서는 내가 누군가를 쫓고 있다. 내 안은 견딜 수 없는 증오로 가득하다. 시커멓게 부풀어 올라 더는 억제할 수 없는 흉포한 충동이 당장에라도 폭발할 듯하다.

죽여버리겠다…… 죽여버리겠다. 내 손으로 놈을 죽여버리겠다.

머릿속에서는 그런 목소리가 울려 퍼진다.

감히, 감히 내……를.

그렇게 중얼거리지만 '내' 다음에 이어지는 말이 들리지 않는다.

상대방은 계속 도망쳐 신기루처럼 잡힐 듯이 잡히지 않는다. 허여멀겋고 물컹한 그림자만 보일 뿐 뚜렷한 모습은 보이지 않는다. 내가 전속력으로 뒤쫓고 있는데도 거리는 좀처럼 좁혀지지 않는다. 급하게 뛰는 발소리만 울리는 가운데 나는 그 그림자를 쫓는다.

어둠 속에서의 추격이 얼마나 계속되었을까. 상대방도 힘이 다했는지 마침내 눈앞에 그 뒷모습이 가까워 온다. 나는 충동이 폭발해 짐승처럼 으르렁대며 손에 든 묵직한 칼을 빼든다. 어둠 속에 시퍼런 칼날이 번뜩이는 것이 보인다.

나는 눈앞이 활활 타오를 듯한 살의를 담아 칼을 휘두른다. 그 뒷모습이 바로 앞에 있다는 느낌이 든다. 이번에는 칼을 쭉 내찌르자 둔중한 감촉과 함께 온몸이 개운해지는 것을 느낀다.

다음 순간 엄청난 양의 피가 뿜어져 나온다. 내 얼굴이며 팔에 따뜻한 피가 쏟아진다. 나는 웃고 있다. 도저히 참을 수가 없어 큰 소리로 웃고 있다. 그림자가 힘없이 무너지더니 바닥에 쿵 쓰러진다. 하늘을 보고 똑바로 누워 있어 창백한 얼굴이 눈에 들어온다.

그것은 인형 같은 가즈에의 얼굴이다. 나는 만족감을 느낀다. 나를 악마라고 불렀으니 당연하다. 당신이 잘못한 거다. 나는 경멸을 담아 시신을 마구 걷어찬다.

그러자 시신이 데구루루 굴러 다시 하늘을 보고 눕는다.

그런데 그곳에 누워 있는 것은 어느새 흙빛을 하고 공허한 눈을 크게 뜨고 있는 사야코였다.

나는 비명을 질렀다. 손에서 칼이 떨어진다. 아니야, 그러려던 게 아니야. 나는 떨리는 목소리로 외친다. 내가 죽이고 싶었던 건 가즈에인데, 하고 시신을 부여잡고 변명한다. 아니야, 잘못 됐어, 사야코가 아니야.

절망적인 기분으로 나는 긴 비명을 지른다. 그리고 잠에서 깼다.

이번에도 땀에 흠뻑 젖었다. 온몸이 뜨겁고 흐리멍덩한 불쾌감만 남아 있다. 사방이 어두워서 아직 꿈속에 있는 기분이다. 찝찝한 땀 때문에 진저리를 치면서 숨을 가다듬었다.

아니, 그렇지 않다. 나는 그런 꿈은 꾸지 않았다.

그 무렵 반복해서 꾼 꿈을 생각하면 또 머리가 아프다. 역시 시간 순서를 잘못 알고 있는 것이 아닐까. 이것은 나중에 덧붙인 기억인 것이 아닐까. 나는 기도하듯 그러기를 바랐다. 그것이 틀림없다고 스스로를 타일렀다.

다른 생각을 하자. 다른 기억을 떠올리자. 실제로 있었던 일. 추월장의 마지막 나날을 채색하는 사건 같은 것을.

42 ────────────────

딱 한 번 다회를 체험한 적이 있다 ⋯
⋯고 생각한다.

분명히 말하지 않은 것은 너무나 기묘한 다회였기 때문이다.

어쩌면 그 다회의 기억 자체가 꿈이었던 것은 아닐까 하는 생각이 새삼스레 들 정도다. 그런 다회는 그때가 처음이자 마지막이었다.

사사노가 떠나고 구가하라가 '카키색'과의 논의에 참가하게 되자 자작의 모습이 보이지 않게 됐다. 자작은 구가하라 개인과는 친하게 지냈지만 '카키색'을 혐오하기 때문에 거리를 두었기 때문이다.

비짱, 오늘 밤 다회에 너를 초대하마. 아무도 모르는 비밀 다회인데, 내 별난 취미에 어울려줬으면 좋겠구나.

어느 날 정원에 있는데, 웬일로 자작이 주위를 살피

면서 오더니 그렇게 속삭였다.

별일이네 싶으면서도 나는 고개를 끄덕였다.

틀림없이 구가하라도 참석하리라 생각한 것이다. 그때까지는 자작이 있는 곳에는 대체로 구가하라가 있었고, 자작이 내게 뭔가를 제안한 것 자체가 드문 일이었다.

이 일은 아무에게도 말하면 안 된다. 후미코 씨와 어른들에게도.

자작은 내게 다짐을 받았다.

오늘 밤에는 다들 중요한 회합이 있는 모양이야. 다실 사용 허가는 받아뒀다. 늘 그랬듯이 내가 또 변덕을 부리나 보다, 하고 아무도 들여다보지 않을 거다.

거기서 나는 가슴이 덜컥했다.

그 열리지 않는 방. 자작은 그곳에서 다회를 열 작정인 것이다. 게다가 지정된 시간은 밤이다. 어쩐지 불길한 생각이 들었지만 구가하라가 있다면 상관없다. 어쩌면 자작은 구가하라에게 부탁받아서 나를 불렀을지도 모른다. 그런 생각이 머리에 떠올라 나는 단순하게도 마음이 싱숭생숭 들뜨는 것을 느끼고 있을 뿐이었다.

하지만 기쁨을 억누르며 그 어두컴컴한 다실로 향한 나는 다실의 이상한 분위기에 나도 모르게 입구에서 멈춰 서고 말았다. 방에는 단 한 명밖에 없었다.

구가하라는 어디에도 없다. 자작이 혼자 있을 뿐.

네모난 다도용 화로의 네 귀퉁이에 켜진 촛불이 깜박깜박 흔들리는 바람에, 그렇지 않아도 음울한 분위기의 열리지 않는 다실에는 더욱 음산한 분위기가 감돌고 있었다.

내가 주저주저하고 있자, 화로 위 찻가마 앞에 꼼짝 않고 앉아 있던 자작이 고개를 들었다.

찻가마에서 김이 모락모락 피어오르고, 자작은 전에 없이 기모노 차림이었다.

오, 비짱, 와줘서 고맙다.

그 목소리는 평소의 자작이었다. 활달하고 스스럼이 없고 차분했다. 나는 안심이 되어 방으로 들어갔다.

저런, 그리 딱딱하게 생각할 것 없어. 이건 상당히 변칙적인, 내가 개인적으로 생각한 다도 예법이니까 너는 거기 앉아서 차를 마시기만 하면 된다.

자작은 긴장하고 있는 내게 씁쓸히 웃어 보이더니 점잖게 손짓했다.

자, 여기 앉아라. 이 차는 우리 어머니가 나눠주신 거라 맛있단다.

나는 시키는 대로 자작의 대각선 앞에 털썩 앉았다. 다다미가 깔린 방바닥은 생각보다 따뜻했다.

촛불이 일렁일렁 흔들리는 모습을 시야 한구석에 느끼고 있자니 이상한 기분이 들었다.

자작이 막힘없는 손놀림으로 차를 달이는 것을 보다 보니 졸린 것 같기도 하고 꿈과 현실에 한 발씩 담그고 있는 듯한 몰랑몰랑한 기분이 들었다.

일전에 나는 가끔 이곳에 오고 싶어진다는 말을 했

었지.

자작은 다완에 뜨거운 물을 따르면서 이야기하기 시작했다.

기억하니?

그 말은 인상적이었기에 나는 고개를 끄덕였다. 자작은 그런 나를 보고 살포시 웃었다.

내가 말이다, 이제 알 것 같은 기분이 드는구나.

알 것 같다니요?

내 물음에 자작은 태연히 대답했다. 왜 이곳에 오고 싶어지는지 말이다.

왜인데요? 궁금해서 몸을 내밀자, 자작은 또 나를 보고 살짝 웃었다.

산다는 건 굉장한 일이야.

자작은 혼잣말처럼 중얼거렸다.

누구나 세상에 태어난 순간부터 오직 큰 소리로 살고 싶어, 살고 싶어, 하고 온 힘을 다해 손을 뻗고 끊임없이 소리치지. 구가하라와 사사노도 그렇고 이곳에 몰려오는 여자들이나 남자들을 보고 있으면 그들이 제각각 인간의 실체를 살고 있다는 걸 절실히 느끼게 돼.

자작은 문득 허공을 봤다.

그런데 나는, 가진 게 이름뿐이다. 어디를 가든 나라는 인간은 이름뿐인 존재란다. 내 얼굴에는 가문이라는 이름표가 딱 붙어 있는데, 사람들은 오직 그 이름표만 보거든. 그리고 이름표가 붙은 나 자신은 빛 좋은 개살구나 다름없어. 속에 아무것도 든 것이 없고 발이 땅에 붙어 있지 않아 살아 있다는 실감이 안 나는 거지.

자작의 눈은 어딘가를 보는 듯하면서도 그 어디도 보고 있지 않았다.

나는 실체를 살고 있는 인간에게 열등감을 느낀단다. 그들이 부러운 동시에 못 견디게 두렵거든.

자작은 가루차가 물에 잘 풀리도록 다선으로 삭삭 저어가며 능숙하게 차를 달였다.

그래서 나는 죽은 자가 더 편안하고 상냥하게 느껴지지. 그들은 이마에 땀방울이 맺히도록 일한 경험이 없는 나를 시기하고 경멸하고 비난하지 않으니까. 아무 말도 하지 않고, 나는 살아 있고 그들은 죽었다는 사실을 새삼 깨닫게 할 뿐이지.

여기 있으면 이름 없는 존재가 될 수 있어서 마음이 편해.

자작은 평소처럼 담담하게 말을 이었다.

비짱, 여기 온 지 얼마나 됐지?

자작이 갑자기 그렇게 물었다.

얼마나……. 나는 당황했다. 실제로 내가 이곳에 온 지 얼마나 되었는지 스스로도 잘 몰랐기 때문이다.

겨울이 몇 번 왔니? 여름이라도 좋다.

겨울. 여름. 나는 멍하니 되뇔 뿐이었다. 내 반응이 못 미더웠는지 자작의 목소리에 짜증이 조금 배었다.

그럼 너는 몇 살이지? 너는 네가 몇 살인지 알고 있

니? 이렇게 봐서는 열 살에서 열두 살쯤 된 것 같은데.

나는 갑자기 불안해졌다.

일렁일렁 흔들리는 촛불처럼 내 안에서 뭔가가 크게 동요하는 것을 느꼈다.

몇 살. 나는 몇 살일까.

그렇다, 나는 시간의 감각이 어렸을 때부터 묘하게 애매했다. 추월장에 와서 시간이 얼마나 흘렀는지, 나는 도대체 몇 살인지, 그래서 유아인지 아동인지, 아니면 그보다 더 나이가 많은지 스스로도 잘 알지 못했다.

내 불안한 표정을 알아차리고 자작도 문득 불안한 얼굴을 했다.

아니, 억지로 대답하지 않아도 된다.

자작은 황급히 손을 내저은 뒤 김이 솟는 다완을 내 앞에 내려놓았다.

자, 차 마시렴.

달래듯이 권하기에 나는 조심스레 두 손을 뻗어 다완을 들어 올렸다. 코끝에 향긋한 차향이 나서 조금 안심이 됐다.

다완에 입을 대고 차를 천천히 마셨다. 정말 맛있었다. 나도 모르게 홀짝홀짝 다 마셔버렸다.

잘 먹었습니다.

나는 다완을 방바닥 위에 내려놓고 자작을 향해 웃어 보였다.

그러나 얼어붙어 있는 자작의 얼굴을 보고 섬뜩한

기분이 들었다.

흔들리는 불꽃이 자작의 얼굴에 불온한 그림자를 드리우고 있었다.

자작은 눈을 크게 뜨고 나를 빤히 쳐다보고 있었다. 눈동자 속에서 촛불 빛이 어물어물 움직이는 것이 보였다.

저기.

그렇게 입을 연 채 온몸이 딱딱하게 굳는 것을 의식했다.

방금 맛있는 차를 마셨는데 순식간에 목이 바싹 말랐다.

자작이 잠긴 목소리로 말했다.

너는 도대체 정체가 뭐냐?

순간 자작이 무슨 소리를 하는지 알아들을 수가 없었다. 너는도대체정체가뭐냐. 정체가뭐냐…… 정체가뭐냐.

자작이 낯선 사람으로 보였다. 하지만 이 눈. 이 눈은 낯이 익다.

차가운 것이 등골을 타고 올라왔다.

악마. 악마아!

가즈에의 쇳소리가 머릿속에 울려 퍼졌다.

그때 그 가즈에의 눈이다. 무시무시한 형상에 치켜뜬 눈, 입에는 거품까지 물고 나더러 악마라고 악쓰던 때의 눈.

나는 몸을 떨기 시작했다. 굴욕과 분노가, 공포와 절망이 몸속 깊은 곳에서부터 치밀어 올랐다.

도대체 자작은 내 안의 뭘 보고 저러는 걸까. 내가 어떤 모습을 하고 있길래 저러는 걸까.

비짱, 너는.

자작이 손을 뻗어 내 어깨를 붙잡았다. 움찔 놀라 몸을 뒤로 빼자, 자작도 황급히 손을 뗐다.

그 눈에는 한층 서늘하고 혼란스러운 표정이 떠올라 있었다.

자작은 거둬들인 손을 뚫어지게 내려다봤다.

악마.

가즈에의 목소리는 갈수록 쩌렁쩌렁하게 머릿속에 울려 퍼졌다.

뜨겁고 걸쭉한 것이 몸속에 차올랐다. 그것은 당장에라도 목구멍 밖으로 쏟아져 나올 것 같았다.

돌연 몸이 움직였다. 나는 자리에서 일어나 냅다 뛰쳐나갔다.

비짱.

등 뒤로 자작의 목소리를 들으면서 나는 어두운 복도를 내달렸다. 그것이 나의 처음이자 마지막 다회였다.

43 ——————————————

과연 그 다회가 꿈이었는지 여부는 둘째 치고, 자작의 말대로 그날 밤 매우 중요한 모임이 있었던 것은 사실이다.

원래 추월장이 불야성이긴 하나 그날은 그 어느 때보다 더 많은 '카키색'들이 몰려와 이상할 정도로 팽팽한 긴장감이 감돌았다. 경비를 서는 사람도 험악한 표정이었고, 평소에는 어딘가 열려 있게 마련이지만 창문도 장지문도 커튼도 꼭 닫혀 있어 이따금 그림자가 움직이는 것이 보일 뿐이었다.

추월장은 밤새도록 그 상태였다. 후미코와 사야코도 그 모임에 참석했는지 통 보이지가 않았고, 나는 가슴을 내리누르는 듯한 답답함에 잠도 제대로 이루지 못했다.

얕은 잠을 반복하다 보니 아침이 찾아왔지만 그들은

밤새 한숨도 자지 않았음이 분명한 얼굴을 하고 있었다. 피로와 흥분으로 눈을 번득번득한 '카키색'들이 줄줄이 물러가는 모습을 나는 멍하니 바라봤다.

"……자네가 정말 할 수 있다고?"

그때 '민달팽이'의 시큰둥한 목소리가 들려왔다.

할 수 있다고? 그 말이 무얼 뜻하는지 알 수 없었다.

"날 뭘로 보고. 반드시 숨통을 끊어주지."

'언두부'가 노기를 띠고 말했다. 마맛자국으로 뒤덮인 얼굴이 붉게 달아오른 것이 보인다.

"그럼."

그렇게 천천히 운을 뗀 사람은 '비수'였다. 나는 그의 목소리를 처음 들은 듯한 기분이었다. 갈라지고 메마른, 참으로 음침하고 오싹한 목소리였다.

"저 개를 쏴봐."

'비수'가 정원에 눈길을 던졌다.

나는 흠칫 놀랐다.

그 개가 있다. 한동안 보지 못했지만 린이 돌봐주곤 했던 그 개. 여전히 기묘하게 웃고 있는 듯한 표정이지만 전보다 더 말랐고 털이 거의 다 빠져 있었다. 걸음걸이도 이상하다. 틀림없이 병에 걸렸으리라. 보기만 해도 불쌍한 개는 이제 더 흉한 몰골을 갖게 되었다.

'언두부'는 대놓고 싫은 티를 냈다.

"개는 쏴서 뭐하게? 쓸데없이 살생할 필요는 없어."

그렇게 큰소리를 치고 고개를 돌렸다.

"개도 못 쏘면 쓰나? 표적이라고 생각하고 쏴봐. 아니면 무서워서 그러나? 이리저리 핑계 대기는, 하긴 자네는 사람을 쏴본 적이 없으니까."

'비수'가 냉소를 띠고 어깨를 으쓱하며 성질을 건드리자, '언두부'가 욱하는 것을 알 수 있었다.

"쏠 수 있다니까. 저런 지저분한 개한테 총알을 쓰기가 아까워서 그러는 것뿐이야."

"실전에서도 그렇게 말하진 않겠지."

'비수'의 깔보는 말투는 변함이 없다.

'언두부'가 돌연 총을 꺼내 개를 쐈다.

탕, 하는 메마른 소리가 났다. 등을 스쳤는지 개가 깽 하고 비명을 지르며 뛰어다녔다. 등에 피가 배어 나온 개는 애처롭게 울부짖으며 뱅글뱅글 돌았다.

"더럽게 못 쏘네."

'비수'의 중얼거림에 '언두부'는 "비틀대면서 돌아다니니까 그렇지" 하고 그를 쏘아본 뒤 다시 총을 쐈다. 피숏, 하고 총알이 옆구리에 박혀 핏방울이 튀었다.

끽, 하고 사람처럼 비명을 지른 개는 더 바르작거리며 기묘한 춤을 추었다. 너무 고통스러워해서 차마 볼 수가 없었다.

"그만해, 쏘지 마!"

정원에 쇳소리가 울리고 린이 저쪽에서 구르듯이 왔다.

한쪽 다리를 저느라 거리가 쉬이 좁혀지지 않았다. 새파랗게 질린 얼굴로 손을 휘저으며 오고 있다.

"죽이면 안 돼. 제발 죽이지 마."

린은 열에 들뜬 것처럼 그렇게 중얼거렸다.

개는 더 애처롭게 뱅글뱅글 돌며 불규칙한 스텝을 밟았다. 피가 땅바닥에 점점이 흩뿌려졌다.

"쳇. 괜히 고통만 더 질질 끌게 했군. 어떻게 좀 해봐."

'민달팽이'가 인상을 썼다. '언두부'는 개가 고통스러워하는 것을 보고 동요한 나머지 연달아 쐈지만 전혀 맞추지 못했다.

"쏘지 마!"

린이 비명을 질렀다.

'비수'가 느닷없이 개에게 총을 쐈다. 무표정하게, 별것 아닌 일을 뚝딱 해치운다는 손놀림이었다.

그 총알은 개의 정수리를 한 방에 명중시켰다.

개는 활 모양으로 크게 뛰어오르더니 이내 땅바닥에 털썩 쓰러졌다.

쓰러진 순간에는 아직 생명의 흔적이 있었지만, 순식간에 아무런 색채도 움직임도 없는 말 없는 물체로 변해갔다.

린은 알아들을 수 없는 소리를 지르며 개에게 비틀비틀 다가가더니 곁에 주저앉아 엉엉 목 놓아 울기 시작했다.

린이 이런 식으로 감정을 터뜨리는 일은 처음이었다. 항상 헤실헤실 웃고 다녔는데 지금은 온몸에서 소리를 쥐어짜내듯 울고 있다. 가슴을 옥죄는 듯한 괴로운 울음 소리였다. 얼마나 소중한 존재였으면 저럴까. 그 흉하고 비참한 개가 그렇게까지 소중했다는 것 자체가 너무나 안타까웠다.

"계집아이가 시끄럽군."

'비수'의 표정에 불쾌한 기색이 엿보였다.

'민달팽이'가 퍼뜩 고개를 들며 "그만둬!" 하고 소리친 것과, '비수'가 린을 향해 총을 쏜 것은 거의 동시였다.

탕, 하고 유난히 메마른 소리가 나고 린은 어깨를 움찔하더니 울음을 멈췄다.

두 눈 중 찌부러지지 않은 눈이 공허하게 부릅떠졌다.

이마에 뚫린 작은 구멍에서 한 줄기 피가 죽 흘러내렸다.

"너 이놈 제정신이야? 미쳐도 단단히 미쳤군."

'민달팽이'가 낯빛을 바꾸고 '비수'의 손을 쳐서 총을 떨어뜨렸다.

그러나 '비수'는 표정 하나 바꾸지 않았다.

린은 눈을 부릅뜨고 놀란 얼굴 그대로 개의 몸 위로 푹 쓰러졌고, 비수는 아무런 감정도 드러나지 않은 눈으로 그 모습을 멍하니 바라볼 뿐이었다.

'언두부'는 얼어붙은 표정으로 그 자리에 못 박힌 듯이 서 있었다.

'민달팽이'는 복도에서 정원으로 뛰어내려 재빨리 린에게 달려간 뒤 몸을 숙이고 린의 목에 손을 갖다 댔다.

"틀렸어. 이미 죽었군."

분하다는 듯이 중얼거리고 '비수'를 원망스럽게 올려다봤다.

"민간인을, 그것도 어린애를 쏘다니 군법회의감이다."

'비수'는 흥 하고 콧방귀를 뀌었다.

"앞으로 우리가 할 일을 생각해라. 이제 와서 군법회의는 무슨."

'비수'가 혼잣말처럼 나직하게 중얼거렸다.

'민달팽이'는 '비수'를 노려본 채 천천히 일어섰다. 그러고는 서둘러 정원을 가로질러 누군가를 불렀다.

마사 씨와 다네히코 씨가 사색이 되어 달려왔다.

"린."

마사 씨가 쓰러져 있는 린을 보고 경악했다.

"린. 어쩌다 이런 일이."

망연히 서 있는 두 사람.

"개를 쐈더니 이 애가 달려온 거다."

'비수'가 도리어 느긋한 목소리로 말했다.

마사 씨는 린의 이마에 난 구멍을 본 뒤 천천히 '비수'를 쳐다봤다.

"미간에 한 발."

마사 씨가 린의 눈을 조용히 감겨줬다.

"처음부터 죽일 작정으로 쐈군."

차가운 살기가 마사 씨의 온몸에서 뻗쳐 나왔다. 이를 알아챘는지 '언두부'가 몸을 긴장시키는 것을 알 수 있었다. 마사 씨가 내뿜는 살기에 '언두부'는 상대도 되지 않았다.

"그게 일이니까."

'비수'는 전혀 개의치 않았다.

"미안하지만 뒤처리를 부탁하네. 이 애의 친척은?"

'민달팽이'가 묻자, 마사 씨는 무겁게 고개를 저었다.

"없다. 녀석은 천애고아거든."

"거참 다행이군."

아무렇지도 않게 내뱉은 '비수'의 한마디에 마사 씨가 반응했다.

'비수'를 가만히 쳐다보다 천천히 물었다.

"방금 뭐라고 했습니까?"

"슬퍼할 친척이 없어서 다행이라고 했지."

'비수'는 뻔뻔스럽게 대답했다.

다음 순간 뭔가가 번개처럼 휙 스쳤다.

아무도 입을 열지 못했다.

마사 씨가 눈에 보이지도 않는 움직임으로 '비수'에게 바싹 다가가, 언제 빼들었는지 그야말로 차갑게 빛나는 비수를 그의 목에 들이대고 있었다.

과연 '비수'도 당황해서 얼굴이 하얗게 질렸다.

마사 씨의 눈은 그 칼날 못지않게 차갑게 번뜩이고 있었다.

"무릇 군인이란 우리 같은 서민을 지켜주는 게 일인 줄 알았는데, 요즘 군인들은 그렇지 않은 모양이군. 거, 제대로 좀 합시다. 안 그러면 녀석도 편히 눈감지 못할 테니.”

마사 씨는 ‘비수’의 귓전에 대고 속삭인 뒤 정원으로 훌쩍 뛰어내렸다.

‘비수’는 칼날이 닿았던 목을 느릿느릿 쓰다듬고 있었다.

얼굴이 하얗게 질린 ‘카키색’ 세 명을 남기고, 마사 씨는 린을, 다네히코 씨는 개를 안아 올리고 걸음을 옮겼다.

다네히코 씨는 넋이 나간 표정을 하고 입속으로 뭐라 중얼중얼했다.

“린. 린. 린.”

그렇게 되뇌는 모습은 마치 방울을 링링 하고 울리는 것처럼 보였다.

44 ———————————

　린의 죽음은 모두에게 충격을 주었다.

　지금껏 추월장에 다양한 죽음이 있었던 것은 사실이나, 사사노도 그렇고 가즈에도 그렇고 결국에는 교류부의, 이른바 손님의 죽음에 불과했다.

　그러나 린의 죽음은 내부인의 죽음이며 가족의 죽음이기도 했다. 게다가 앞으로 살날이 누구보다 길었을 터인 어린아이의 죽음인 것이다.

　린의 부재는 모두에게 조금씩 영향을 주기 시작해 마침내 큰 타격을 안겼다. 그 별나게 명랑하고 영리한 데다 일까지 잘하는 소녀가 사라진 것은 그만큼 업무가 늘어나고 웃음소리가 들리지 않게 된 것으로 모두를 균등하게 공격했다.

　그리고 린의 죽음은 뭔가 더 나쁜 일, 끔찍한 일이 닥쳐오고 있다는 예감을 모두에게 안겨주었다.

그때까지도 추월장은 항상 불온한 예감을 지니고 있었고 모두가 그것을 모르는 척했다. 거짓된 평온과 겉만 그럴듯한 일상이 그럭저럭 유지되고 있었지만, 마침내 더는 숨기기가 어려워졌다는 느낌이 든 것이다.

린의 부재가 마치 어떤 덮개를 홀랑 벗겨버린 것 같았다. 이제 사람들은 평온한 일상을 연기하는 것도 잊고 그럴싸하게 꾸미지도 않게 되어 추월장에는 노골적이면서도 살벌한 공기가 감돌았다.

도대체 무슨 일이 벌어질까. 어떤 끔찍한 재앙이 닥치는 걸까.

나는 월관대에 올라가 산 사이의 삼각형을 가만히 바라봤다.

린의 조촐한 장례식에는 나도 참석했다. 산속의 오래된 절에서 스님이 불경을 읊어 주었고 린은 일가친척이 없는 여자들의 추선공양을 해온 무연분묘에 안치되었다.

누군가의 장례식에 간 것은 그때가 처음이었다.

후미코와 사야코도 린의 죽음에 충격을 받았는지 두 사람 다 과묵해지고 거의 웃지 않게 됐다.

추월장은 마침내 최후를 맞이하려 하고 있었다.

온 사방에서 가슴을 짓누르는 죽음의 그림자와 암울한 재앙의 예감이 물밀듯이 밀려오는 기분이었다.

그럼에도 불구하고 이 무렵의 추월장에 나는 불가사의한 아름다움을 느꼈다.

썩기 직전의 고기가 가장 맛있듯이, 떨어지기 직전의 꽃잎이 가장 아름다운 색채를 띠고 있듯이, 멸망이 임박한 추월장에는 처절한 아름다움이 있었다.

이제 멈출 수 없다. 우리는 머지않아 다 같이 암흑에 삼켜지리라.

나는 추월장의 그림을 그렸다.

죽은 자는 더 이상 그리지 않았다. 이제 추월장 자체가 죽은 자인 것이다. 지금의 추월장을 그리지 않고서는 내 존재 의의가 없다고 느끼기까지 했다.

시간의 태엽이 아슬아슬하게 감겨 있는 모습이 보이는 것 같았다. '카키색'들은 그날 밤 무슨 일인가를 하기로 결정했다. 이제 곧 그 무슨 일이 시작될 것이다.

위장이 아프도록 긴장과 공포를 느꼈지만 한편으로 나는 어딘가 안도하고 있었다.

이제 곧 이 시대가 끝난다. 나의 추월장 시절이 끝난다. 그것이 좋은 일인지 나쁜 일인지는 알 수 없지만 어쨌든 뭔가가 끝나가고 있고 그것이 내 인생의 큰 전환점이 되리라는 확신이 있었다.

나는 아침부터 밤까지 계속 추월장을 그렸다.

이 세상 것이라는 게 믿기지 않는, 아름다운 추월장을.

다네히코 씨를 따라 입속으로 "린. 린. 린" 하고 중얼거리면서.

45

그날 아침은 조용히 시작되었다.

유난히 높고 청명한 하늘과 기온이 뚝 떨어진 고요한 아침. 며칠 전에 쏟아진 비가 고여 있던 부엌문 밖의 낡은 항아리에 살얼음이 얼어 있던 것을 기억한다.

지금도 인상에 강렬히 남아 있는 것은 세면실 창가에 놓인 작은 꽃병의 노란 국화꽃이 매우 선명했다는 것이다.

겨울 햇살을 받아 당당하게 피어 있는 그 꽃을 나는 문득 '아름답다'고 생각했다. 뭔가를 보고 아름다워서 감동한 적은 그때가 처음이었던 것 같다.

그 감동을 기억 속에 새겨두고 싶었던 나는 아침밥도 먹는 둥 마는 둥 하고 꽃병 앞에서 꽃을 스케치하기 시작했다. 추워서 약간 곱은 손가락으로 열심히 꽃을 그리고 있는데, 창밖에 바람을 따라 팔랑팔랑 흩날리는 눈이 보였다.

추월장은 매우 조용했다. 아침에는 늘 조용하지만 특히 그날의 아침은 쥐 죽은 듯 조용했다.

문득 막연한 불안감이 엄습했다. 마치 추월장 안에 나 혼자밖에 없는 듯한 기분이 들어 나는 고개를 들어 주위 상황을 살폈다.

이상하게도 처음 추월장에 온 날의 기억이 떠올랐다. 누군가의 손에 이끌려 이 이형의 건물 앞에 섰을 때의 일이.

돌연 훅 하는 소리가 나더니 라디오 소리가 들려왔다.

그것도 추월장 곳곳의 여러 대의 라디오에서 동시에 놀랄 만큼 큰 소리로 음악이 흘러나온 것이다.

나는 흠칫 놀라서 엉겁결에 연필을 내던졌다.

라디오에서 한가롭게 흘러나오는 현악사중주가 까닭 없이 불길하게 들렸다. 평소 추월장에서 라디오는 시시한 잡담이나 따분한 음악을 배경 음악처럼 나직하게 틀어두기만 할 뿐 귀 기울여 들은 적도 없었다.

그런데 지금 추월장 안에서 유일하게 강렬한 존재감을 발하고 있는 것은 그 네모난 상자였다.

나는 숨을 삼키고 그 불길한 음악에 귀를 기울였다. 뭔가 심상치 않은 일이 일어났다고 직감했다.

현악사중주는 우아하고 따분했지만 그 우아함 때문에 괜히 섬뜩하게 느껴졌다.

꽤 오랫동안 곡이 흐르는 것 같았지만 실제로는 그

리 긴 시간이 아니었을지도 모른다.

음악은 시작되었을 때와 마찬가지로 돌연 혹 끊겼다.

그리고 느닷없이 귀에 거슬리는 딱딱한 남자 목소리가 흘러나왔다.

생소한 말투와 표현, 억양 없는 목소리 때문에 처음에는 그것이 일본어인 줄 몰랐다. 군데군데 들리는 말로 뒤늦게 일본어라는 걸 알았지만 무슨 소리를 하는지 내용은 종잡을 수 없었다.

우리는…… 우리의…… 일부 계급이 국민과 국민의 재산을 부당하게 착취하는 현상을 심히 우려하고 있으며…… 깨어나라, 모든 신민들이여…… 바른길로 되돌아가 정통인 자에게 신국의 건설을 맡기자…… 나라를 탐하고 더럽히는 무리에게 천벌을 내릴 것이다…….

투박하면서도 선동적인 어조가 불안을 조성하고 있었다.

다시 목소리가 끊기더니 그 느슨한 선율의 현악사중주로 바뀌었다.

나는 엉거주춤한 자세로 몸이 굳어 버렸다.

예상대로 잠시 후 다시 음악이 중단되고 이번에는 유난히 명료한, 아나운서 특유의 목소리가 흘러나왔다.

임시 뉴스를 전해드립니다, 임시 뉴스를 전해드립니다…… 오늘 새벽 도쿄 시내에서 다수의 정치가에 대한 습격이 있어…… 대신大臣 사망…… 중상자 다수…… 점거하에 있는 것으로…… 육군…… 부대 행방

불명…… 도쿄시에 계엄령이 선포되어…… 시민 여러
분은 외출을 삼가도록…….

같은 어구가 반복되었다.

내가 알아들은 내용은 오늘 새벽에 일부 육군 군인
들이 정치가와 관료의 집을 습격해 사람들을 살해했다
는 것이었다. 그리고 학교와 상점 등은 문을 닫았으니
집에서 나오지 말라는 것이 요지인 듯했다.

그래도 일부 육군 군인들이 추월장에 뻔질나게 드나
들던 그 '카키색'이라는 것은 짐작이 갔다. 그러고 보니
어젯밤에는 아무도 오지 않았던 것 같다.

죽였구나. 많은 사람들을.

머릿속에 펄쩍펄쩍 뛰는 개와 이마에 구멍이 뚫린
채 쓰러진 린의 얼굴이 떠올랐다.

구가하라도 사람을 죽였을까.

그 생각에 이르자 가슴이 쿵 내려앉아 무릎이 떨릴
지경이었다.

얼마나 그러고 있었을까.

어느새 마치 하늘에서 떨어지거나 땅에서 솟은 듯이
추월장의 모든 여자들이 나타났다. 그녀들도 라디오에
귀를 기울이며 상황을 살피고 있었으리라.

웬 모르는 여자가 있네 싶었더니 놀랍게도 머리를 풀
고 스웨터와 슬랙스를 입은 후미코였다. 틀어 올린 머
리와 기모노 차림의 후미코밖에 본 적이 없었던 나는
여자는 머리 모양과 복장에 따라 딴사람이 되는구나,

하고 엉뚱한 부분에서 감탄했다.

후미코는 양장 차림이 훨씬 젊어 보였다. 어쩌면 이쪽이 그녀의 실제 나이에 가까웠을지도 모른다.

여자들은 외출할 준비를 하고 있었다. 하이킹이라도 떠날 듯이 다들 슬랙스를 입고 있다.

히사 씨가 내게 옷을 갈아입으라고 했다. 스웨터에 멜빵바지. 긴 양말에 장갑, 털모자까지 준비되어 있었다.

"어디 가?"

나는 사야코에게 물었다. 사야코도 평소와 달리 회색 스웨터에 감색 슬랙스 차림으로, 후미코와 함께 이야기에 몰두하고 있었다.

"응, 그렇게 됐어. 어디 갈 수도 있는데 아직은 몰라. 상황에 따라서는 급하게 나가야 할지도 몰라. 그러니까 일단 준비해둬."

사야코는 여느 때처럼 알쏭달쏭하면서도 느긋한 말투였다.

"무슨 일인데? '카키색' 사람들이 무슨 일을 저질렀어?"

사야코는 으음, 하고 고개를 기울였다.

"혁명, 이려나. 혹은 그 사람들이 혁명이라고 부르고 혁명이라고 생각하는 일이려나?"

사야코는 노래하듯 말했다.

"비짱, 알아둬야 할 게 있어."

나를 보고 냉소를 머금었다.

"남자들은 살인하는 걸 온갖 방법을 써서 다양한 말로 바꿔 말하기 마련이거든. 그게 이번에는 때마침 혁명이라는 말이었던 거야."

"사야코, 함부로 말하면 안 되지."

후미코가 눈살을 찌푸리고 타일렀다.

"아이참, 정말 함부로는 일어날 수 없는 일이니까 그렇지. 시노부 씨에게 물어보면 알아."

시노부 씨.

왜 그 이름이 나오는 걸까, 하고 나는 의아하게 생각했다.

"그렇지, 시노부 씨 하니까 생각났는데, 미노 선생님도 오시라고 해야 할까?"

후미코가 생각났다는 듯이 말했다.

"글쎄. 미노 선생님은 진료소에 계시는 편이 안전하지 않을까. 차라리 시노부 씨를 진료소에 보내는 게 나을 것 같아."

"하긴. 아직 차 부를 수 있나?"

"여긴 시골이니까 괜찮을 거야."

후미코가 서둘러 전화를 걸러 갔다.

나는 스웨터와 바지로 갈아입었다. 히사 씨는 묵묵히 주먹밥을 만들고 있다. 죽순 껍질이 겹겹이 준비되어 있는 것으로 보아 도시락을 만드는 것 같았다.

역시 어디론가 가는 것이다.

예감이 조금씩 확신으로 변했다.

그러고 보니 어느새 집 안이 깨끗이 정리되어 있다는 것을 깨달았다. 필시 여자들은 이날을 위해 서서히 정리를 해왔으리라. 나는 그 사실에 동요했다.

마침내 추월장을 나갈 때가 온 것이다.

46

사야코가 시노부 씨에게 가서 미노 선생님의 진료소로 이동할 것을 설득했지만 시노부 씨는 결코 승낙하지 않았다.

고타쓰 안에서 몸을 움츠린 채 알아들을 수 없는 말을 속사포처럼 쏟아내더니 사야코를 향해 침을 튀겨가며 욕설을 퍼부었다.

그런데도 사야코는 끈기 있게 시노부 씨를 설득했다. 그러나 시노부 씨는 제안을 완강히 거부하고 있다.

사야코는 작게 한숨을 내쉰 뒤 한동안 가만히 있다가 시노부 씨의 귓가에 뭔가를 속삭였다. 그러자 시노부 씨는 조용히 입을 닫고 고개를 숙였다.

두 사람 사이에 기묘한 침묵이 내렸다.

사야코가 뭐라고 말한 걸까.

잠시 후 시노부 씨가 고집을 꺾었다. 노여워하던 모

습은 온데간데없이 풀죽은 깃처럼 사야코에게 소곤소곤 말하고 있다.

네, 알겠어요, 그럼 그렇게 하죠, 하고 사야코는 연신 고개를 끄덕였다.

내가 시노부 씨 어디 가? 하고 복도에 나온 사야코에게 묻자, 미노 선생님이 데리러 오시면, 하는 대답이 돌아왔다.

내 눈에 떠오른 다양한 의문을 알아봤는지 사야코가 엷게 웃었다.

"시노부 씨는 바다를 건너왔거든. 시노부 씨의 나라는 바다 저편의 멀고 추운 나라야."

시노부 씨의 나라.

나는 어안이 벙벙했다. 요컨대 시노부 씨는 일본인이 아니라는 건가.

"그 사람들은 정말 혁명에 쫓겨서 어쩔 수 없이 나라를 떠나야 했어. 시노부 씨는 때만 잘 만났으면 공주님이었거든. 그리고 미노 선생님은 왕의 진료를 전담하는 어의였어."

공주님. 왕. 세상과 동떨어진 그런 말이 나로서는 잘 와닿지가 않았다. 그것이 그 두 사람과 도저히 연결되지 않았다.

"나라에서 추방되다니. 얼마나 비참하고 괴로운 일인지 상상조차 안 돼. 물론 민중이 옳을 수도 있어. 혁명이 일어나야 했기 때문에 일어났을지도 몰라. 그런데 그건 반드시 누군가의 피로 대가를 치러야만 얻어지는 거야. 반드시, 수많은 죄 없는 피로 말이야."

대가를 치른다는 것이 무슨 뜻인지는 몰랐지만, 시노부 씨가 멀고 추운 나라에서 왔다는 말에는 납득이 되었다. 그녀를 감싸고 있던 공기는 조국의 눈과 얼음이 자아낸 것이었다.

그나저나 지금 '하계'에서 '혁명'이 이루어지고 있다 한들 그것이 우리와 무슨 상관인지 잘 이해되지 않았다. '혁명'을 하고 있는 것은 '카키색'들이지 우리가 아니다. 왜 우리가 추월장을 떠나야 하는 걸까.

그렇게 묻고 싶었지만 여자들의 긴장한 모습, 암묵적인 양해 속에 묵묵히 출발 준비를 하고 있는 모습을 본 이상 아무 말도 할 수가 없었다.

계속 켜져 있는 라디오에서는 이따금 뉴스가 짧게 섞여 나왔지만 대부분의 시간은 지루한 음악이 흘러나왔다. '음악의 시간'이 이어지는 사이 여자들도, 나도 조금은 진정되었다. 당장 이곳을 떠나야 하는 상황은 아닌 듯했다.

나는 히사 씨가 만든 주먹밥과 따뜻한 된장국을 먹는 여유가 생겼다. 여자들도 미리 배를 채워두었고 몇몇은 꾸벅꾸벅 졸기도 했다.

나는 문득 추월장 안을 둘러보고 싶어졌다. 내 눈에 추월장의 모습을 새겨두고 싶었던 것이다.

화장실에 가는 척하며 살며시 밖으로 빠져나왔다.

많은 시간을 보낸 정원. 오래된 우물의 벽, 종려나무. 아무도 타지 않는 기울어진 그네.

추월장은 이미 폐허로 바뀐 것 같았다. '교류부' 여자들도 전혀 보이지 않았다. 고향으로 돌려보냈거나 일가친척이 없는 여자들의 넋을 위로해주는 산속의 절로 보낸 듯하다.

휑뎅그렁한 추월장은 박물관처럼 친밀감이라고는 없이 서먹서먹했다.

나는 정원에서 물끄러미 '교류부' 건물을 올려다보다 무심결에 그쪽 구역으로 걸음을 옮겼다.

후미코가 절대로 들어가지 말라고 주의를 주었기에 교류부에 들어가는 것은 처음이었다. 조금 떨리긴 했어도 연결 복도에서 훌쩍 올라가본 순간에도 후미코의 명령을 어긴다는 가책은 요만큼도 느껴지지 않았다.

처음 '교류부' 복도에 서서 정원을 바라보자 이상한 느낌이 들었다. 내 비밀 장소인 종려나무는 원래 어두컴컴한 곳에 심어져 있는 데다 돌이 죽 늘어선 고산수 정원과 잘 어우러져 얼핏 봐서는 잘 보이지 않아 스스로도 좋은 장소를 발견했다고 생각했다. 저곳에 내가 숨어 있는 것을 알아차린 '민달팽이'는 상당히 감이 좋다.

계단을 올라 그 방에 가봤다.

가즈에가 지내던 방. 가즈에가 살해된 방.

방 안에 조심스레 들어갔지만 가재도구고 뭐고 싹 다 치워져 공허한 다다미방이 있을 뿐이었다. 벽에도, 맹

장지에도 참극의 흔적은 무엇 하나 남아 있지 않았다.

방 한가운데에 서 봤다. 이렇게 아늑한 방이었던가.

문득 창밖으로 시선을 돌렸다. 그 새장이 있었다.

텅 빈 새장. 가즈에는 저 안에 새가 있는 환영을 본 걸까. 그 새는 대체 무슨 새였을까. 공작새처럼 새된 비명을 지르던 가즈에. 그녀의 눈에는 날개를 활짝 펼친 공작새가 보였을지도 모른다.

이제 없다. 아무도. 나를 낳은 그 여자도.

작게 한숨을 쉬고 방을 나오려는데 시야 한쪽에서 새장이 흔들거린 듯한 느낌이 들었다.

기분 탓일까.

걸음을 멈추고 새장을 돌아본 순간 나무 난간 쪽에서 얼굴이 보였다.

얼굴. 설마.

순간 심장이 멎는 줄 알았다. 몸을 움직일 수가 없었다.

난간 쪽에 눈을 부리부리 뜬 여자의 얼굴이 있었다. 밖에서 난간을 붙들고 이쪽을 노려보고 있다.

설마. 가즈에.

삐걱, 하고 난간이 여자의 무게를 이기지 못해 삐걱댔다.

"악마 놈."

머리카락을 흐뜨린 무시무시한 형상의 가즈에가 나를 노려보고 있었다.

"너 때문이야. 너 때문에, 그 사람도, 나도, 이런 데서, 이런 꼴로. 모든 게 다 너 때문이야."

가즈에가 이쪽을 향해 침을 뱉었다. 피 섞인 침이 방바닥에 찰싸닥 떨어졌다.

아무리 봐도 죽은 사람이었다. 흙빛 얼굴. 칼에 베였을 때의 피가 거멓게 덩어리져 관자놀이며 입가에 말라붙어 있다. 눈알이 이미 부옇게 흐려지고 있는데도 형형하게 빛을 내고 저주에 찬 눈빛으로 나를 보고 있었다.

"나는 다 알아. 네가 이제부터 무슨 짓을 할지. 네 사악한 계략을 다 알고 있다고, 내가."

나는 몸을 꿈짝도 할 수 없었다.

난간을 쥔 회색 손가락이 포르르 떨렸다. 가즈에는 숨을 헐떡이며 난간을 넘어오려 했다.

"내가 모를 줄 알고? 네가 나를 죽이고 싶어 한 거, 네가 나를 증오한 거 다 알아. 하긴, 그럴 만도 하지. 나도 네가 배 속에 있을 때부터 널 저주해왔으니까. 저주하고 저주받아 태어난 게 바로 너야. 비긴 거지."

가즈에는 이를 드러내고 난간을 쥔 손에 힘을 주었다. 어디서 저런 힘이 나오는 걸까. 무너지고 있는 시커먼 잇몸이 보였다.

"아무 짓도 안 했어."

나는 그렇게 소리쳤다.

"난 아무 짓도 안 했어."

다시 한번 소리치자 몸이 움직였다. 다다미 방바닥

에 쓸리는 쓱 하는 소리에 정신이 들었다.

"거짓말. 나는 다 알아."

여자의 얼굴이 올라왔다.

나는 구르듯이 그 자리에서 도망쳤다. 복도로 뛰쳐나가 앞으로 고꾸라질 듯이 계단을 뛰어 내려갔다. 그 얼굴이 등 뒤로 바짝 쫓아올까 봐 제정신이 아니었다.

연결 복도로 뛰쳐나가 황급히 신발을 신었다.

정원으로 돌아가고 나서야 뒤를 돌아보고 위를 올려다봤다.

아무것도 없다. 추월장은 침묵으로 가득 차 있고 새 장도 없다.

온몸에 식은땀이 쏟아지고 요동치는 심장은 가라앉을 줄을 몰랐다.

왜, 지금. 왜 가즈에가 나와서 그런 말을 했을까.

목구멍이 차가운 것 같으면서도 뜨겁게 느껴져 몸도 차가운지 뜨거운지 알 수 없었다.

그때 카운터의 전화가 따르릉 하고 유난히 요란하게 울려 나는 화들짝 놀랐다.

그저 전화벨일 뿐인데 견딜 수 없이 무서웠다. 반갑지 않은 전화임에 틀림없다고 직감했다.

전화벨은 불길하고도 집요하게 울려댔다.

후미코가 안에서 뛰어나오는 기척이 있었다. 수화기를 들었는지 그제야 벨이 멎었다.

나는 정원에 멍하니 서 있었다. 이제 종려나무도 오

래된 우물도 서먹서먹한 장소로 바뀌어 들어가면 안 될 것 같은 기분이 들었다.

전화를 끊은 후미코가 달려와 나를 보고 소리쳤다.

"비짱, 안으로 들어가. 그런 곳에 있으면 안 된다."

낯빛을 바꾼 후미코를 보고 나는 그제야 느릿느릿 걸음을 옮겼다. 후미코가 급하게 달려가는 모습을 남의 일처럼 바라보는 내가 이상하게 느껴졌다.

안으로 들어가자 후미코가 사람들과 얼굴을 맞대고 있었다. 그 자리에는 마사 씨와 다네히코 씨도 있었다. 두 사람은 아침에 나갔다가 이제 막 돌아온 듯했다.

"실패했어."

후미코는 단도직입적으로 말했다.

모두가 창백해진 얼굴로 후미코를 응시했다.

후미코의 얼굴도 창백하게 굳었지만 애써 평정을 유지하고 있었다.

"진압 부대가 황성으로 출동해 동지들을 제압하고 있어. 상당수가 희생되었고, 살아남은 동지들은 태세를 재정비하기 위해 지금 이쪽으로 오고 있다고 해."

"어떡하지?"

"오다와라에 있는 거처로 가야겠어."

"차는 중간에서 기다리도록 얘기해놓았네. 다만 30분 정도는 걸어가야 해."

마사 씨가 시계를 본다.

"이 시기에는 4시만 넘어도 벌써 어두워지지. 이동할

거면 가급적 빨리 출발하는 게 낫네. 어린아이도 있고 시간이 걸릴 테니."

"그러기엔 부상이 심한 사람이 여럿 있는 모양이야. 여기서 치료해야 할 텐데. 사야코, 비짱을 데리고 먼저 출발해."

후미코의 말에 사야코는 고개를 저었다.

"나는 남을게. 마사 씨가 데려가줘요."

나는 머릿속이 백지장처럼 하얗게 변했다.

"싫어."

나도 모르게 그렇게 소리치고 있었다. 사람들이 당황한 듯 나를 봤다.

"싫다고. 사야코랑 같이 가는 거 아니면 안 갈 거야. 여기 있을래."

내 의견을 주장한 것은 이때가 처음이었을지도 모른다. 모두가 놀란 듯이 나를 쳐다봤다.

사야코의 눈에 주저의 빛이 떠올랐다. 그녀는 내 앞에 자세를 낮추고 앉아 타이르듯 말했다.

"비짱, 그건 안 돼. 나는 할 일이 있어서 남는 거거든. 그러니까 먼저 출발해. 나중에 뒤따라갈게."

"싫다니까."

나는 야멸차게 거절했다.

사야코.

나를 길러준 엄마. 나의 선생님. 나의 세 번째 엄마.

"저번에 약속했잖아. 같이 가겠다고 했잖아. 추월장

을 떠날 때는 나랑 같이 간다며."

물론 이루어질 수 없는 약속이라는 것은 알고 있었다. 하지만 사야코는 같이 갈 수 있으면 그러겠다고 분명히 말했다.

사야코의 얼굴이 희미하게 일그러지고 눈이 휘둥그레졌다.

사야코도 이루어질 수 없는 약속이라는 것을 알고 있다. 그리고 내가 그것을 알고 있다는 것도.

"싫어. 같이 갈 거야."

나는 사야코에게 매달렸다.

그런 행동을 한 것도 처음이었다. 놀라고 당황한 듯한 사야코가 잠시 후 나를 꼭 끌어안았다.

그 순간 우리 두 사람은 뭔가가 통했다. 그것이 무엇이었는지는 아직도 모른다.

사야코는 내 등을 연신 쓰다듬었다.

"그래, 조금만. 조금만 더 기다려보자."

사야코가 지친 목소리로 말했다.

"그런데 내가 여기서 하려는 일은 시간이 좀 걸리는 일이야. 그러니까 기다려보고 도저히 안 되겠으면 너를 마사 씨와 먼저 출발시킬 거야. 알겠지? 꼭 가야해."

알겠다고 하기 싫었지만 사야코의 간절한 눈빛에 도저히 고개를 저을 수가 없었다.

나는 마지못해 고개를 끄덕였다. 마사 씨가 다네히코 씨를 본다.

"다네, 여차하면 자네가 업고 달리게. 자네라면 그쯤은 할 수 있겠지?"

"예."

다네히코 씨가 고개를 끄떡했다. 요사이 사뭇 의젓해진 그는 말수가 많이 줄어들어 오랜만에 그의 목소리를 들은 기분이 들었다. 얼굴을 보니 나를 향해 활짝 해맑게 웃어줬다. 옛날의 그로 돌아간 것 같아 나는 괜히 가슴을 쓸어내렸다.

47 ————————

산속은 해가 빨리 진다. 저녁 해가 숨 가쁘게 줄달음쳐 떨어지고 있다.

살아남은 '카키색'이 오기를 초조하게 기다리고 있는데, 맨 먼저 도착한 사람은 미노 선생님이었다. 미노 선생님은 시노부 씨에게 가서 말을 건넸지만 시노부 씨는 잔뜩 풀이 죽어 아무 말도 하지 않았다.

"미노 선생님, 죄송하지만 이제 곧 부상자들이 올 텐데 치료를 부탁드려도 될까요? 그 후에 안전한 곳으로 보내드리겠습니다."

후미코가 머리를 깊이 숙였다. 미노 선생님은 여느 때처럼 담담한 표정으로 선뜻 고개를 끄덕였다.

사람은 늙으면 국적의 경계가 모호해진다. 사야코의 말을 듣고 보니 미노 선생님은 정말 외국인처럼 보이기도 했지만, 아무 말도 듣지 않았더라면 아무것도 알아차리지 못했을지도 모른다.

얼마 후 차가 정차하는 소리에 모두가 몸을 일으켰지만, 나타난 사람은 자작이었다.

"자작님. 이런 때에 여기는 어떻게?"

후미코가 눈을 동그랗게 떴다.

"황성은 어수선하고 끔찍하네. 곳곳에서 총격전이 벌어지고 있다고 하더군. 검문이 강화되어 오전에 나왔는데도 이 시간이야."

"자작님, 여기는 위험합니다. 얼른 돌아가세요. 차가 있으면 당장이라도."

후미코가 비명에 가까운 소리를 질렀다. 그러나 자작은 아랑곳하지 않았다.

"운전사는 돌려보냈네. 구가하라는. 구가하라는 무사한가?"

"살아남은 사람들이 이제 곧 도착할 겁니다."

사야코가 창백한 얼굴로 말했다.

"아직 구가하라의 소식은 모릅니다."

그 이름을 듣자 가슴 한구석이 아려왔다.

"그렇군."

자작은 상심한 얼굴을 했다.

"황성은 혼란스러운 상황이라 많은 곳이 봉쇄되었네. 사망자도 속출하고 있는 모양이야."

이번에는 후미코와 사야코가 상심한 얼굴을 했다. 아마 내 얼굴도 그랬으리라.

구가하라가 도심 총격전에서 화약 연기 속에 쓰러져 있는 모습을 상상했다. 린이 죽었을 때의 얼굴과 겹쳐 이마에 구멍이 뚫리고 눈이 공허하게 부릅떠진 모습을.

심장이 사정없이 뛰었다. 그렇게 되면 어쩌지? 이대로 두 번 다시 만나지 못하면.

"역시 비짱만이라도 빨리 어디론가 보내야겠어."

후미코의 중얼거림에 나는 움찔했다. 그렇게 되면 사야코와 떨어진다. 구가하라도 만날 수 없다.

안 된다. 그것만은 안 된다.

나는 완강하게 고개를 저었다.

"싫어. 사야코랑 같이."

그렇게 아득바득 고집을 부리던 순간, 밖에서 끼익하고 큰 차량이 멈추는 소리가 들려와 모두의 신경이 그쪽으로 쏠렸다.

덮개를 씌운 트럭이 서 있고 사람들이 우르르 내리는 기척이 났다.

나무 쪽문이 열리고, 먼지를 뒤집어쓴 피투성이 '카키색'들이 연달아 실려 왔다.

그들은 추월장의 응접실에 눕혀졌다. 미노 선생님이 신음하는 부상자들을 하나씩 살펴보고 히사 씨와 후미코가 시중을 들었다.

응접실과 연결 복도, 정원은 순식간에 아비규환의 야전병원으로 변했다.

피 냄새와 공포의 냄새. 혹은 폭력의 냄새일까. 이제

껏 맡아본 적 없는 흉포한 냄새가 사방에 가득해 나도 모르게 코와 입을 틀어막았다.

'달마 씨'가 느릿느릿 들어왔다. 관자놀이에서 피가 흐르는데도 젊은 '카키색'들의 모습을 둘러볼 뿐 자신의 상처는 개의치 않는 듯했다.

'달마 씨'는 미노 선생님과 후미코와 어른들에게 들리도록 목청을 돋우었다.

"제군들의 후의에 감사합니다. 대단히 고맙지만, 응급처치를 마치고 나면 선생님과 당신들은 빨리 도망가십시오. 당국은 이곳도 이미 파악했습니다. 머지않아 진압 부대가 여기까지 쫓아올 겁니다. 우리는 여기서 항전할 것이기 때문에 한시라도 빨리 떠나십시오. 부탁합니다."

'달마 씨'가 머리를 숙였다.

미노 선생님은 들리지 않는다는 듯이 치료를 계속하고 있었다.

"제길."

머리에 붕대를 감은 '비수'가 몸을 일으켰다. 그렇지 않아도 저승사자 같은데, 지금은 지독한 증오가 온몸에서 뿜어져 나와 악귀가 따로 없다.

그는 비틀거리며 장롱을 열고 안에서 총을 꺼냈다.

놀랍게도 몸을 움직일 수 있는 몇몇 사람들도 장롱이며 궤에서 총기와 화약을 끄집어내고 있었다. 저 많은 무기를 언제 저런 곳에 다 숨겨둔 걸까.

멀리 떨어진 곳에서 꽝 하는 소리와 함께 연기가 솟았다.

순간 사람들은 동작을 멈추고 그쪽을 처다봤다.

"생각보다 빨리 왔군."

"어쩌면 사전에 준비했을 수도 있어."

'카키색'들이 술렁거린다.

"도망가. 선생님도 빨리 가십시오. 나머지는 우리끼리 어떻게든 하겠습니다."

'달마 씨'가 험악한 얼굴로 소리쳤다.

그러나 미노 선생님은 부상자 곁에서 꿈쩍도 하지 않았다.

"선생님."

이번에는 후미코가 소리쳤다.

"제발 시노부 씨를 데리고 빨리 도망가세요. 시노부 씨는 선생님 말씀만 따른다고요."

미노 선생님은 그제야 고개를 들어 고뇌의 빛을 보였다. 마지못해 일어서지만 '카키색'들의 상태가 마음에 걸리는 모양이다.

지금 막 상처를 꿰맨 '카키색'이 그것을 알아차렸는지 이를 악물고 몸을 일으켰다. 아픈 것을 참고 애써 미소를 띠고 있다.

"선생님, 고맙습니다. 저는 이제 괜찮으니 어서 가십시오."

미노 선생님은 발길이 떨어지지 않는지 연신 뒤를

돌아보며 후미코에게 이끌리다시피 나갔다.

쾅, 쾅 하고 포격 소리가 났다. 밖에서 응전하고 있는 모양이다.

갑자기 머리 위에서 땅이 울리는 듯한 소리가 들려왔다. 귀를 막고 올려다보니 '민달팽이'가 월관대 위에서 기관총을 난사하고 있었다. 언제 기관총을 메고 올라갔는지 월관대가 포대로 바뀌었다.

사방은 순식간에 화약 연기로 가득 차 시야가 흐릿했다. 마치 안개 속에 있는 것 같았다.

"비짱."

사야코가 부르짖는 소리가 들렸다.

정신을 차리고 돌아보니 사야코가 달려오고 있었다.

사야코가 나를 있는 힘껏 껴안았다.

"제발 마사 씨와 함께 도망가. 여기는 위험해. 만약 네가 다치기라도 하면 너를 여기로 데려온 의미가 없어져. 빨리 도망가, 부탁이야."

사야코가 내 양어깨를 붙잡고 필사적인 표정으로 말했다.

"나는 같이 못 가. 미안해."

애써 미소를 짓고 내 뺨을 쓰다듬는다.

"조금 있다가 꼭 뒤따라갈 테니까, 먼저 출발해. 아까 그러겠다고 했잖아."

거짓말쟁이.

나는 사야코의 눈을 가만히 들여다보며 생각했다.

사야코는 거짓말쟁이다. 사야코는 오지 않을 것이다. 나와 같이 추월장을 떠나는 일은 없다.

　"전에 말한 거 기억하지? 그곳으로 가렴. 밤이 끝나는 곳. 그곳을 향해 가는 거야. 뒤돌아보지 말고."

　나는 아무 말도 하지 않고 비난의 눈빛으로 사야코를 봤다. 내 비난을 정면에서 받아들이면서도 사야코는 미소를 무너뜨리지 않았다.

　"알겠지? 그곳에서 기다리렴. 나중에 밤이 끝나는 곳에서 만나자."

　사야코는 그렇게 말하고 다시 나를 꼭 끌어안고는 밀어내듯 몸을 뗐다.

　"마사 씨, 비짱을 부탁해요. 다네히코 씨, 비짱을 꼭 지켜줘야 해."

　화약 연기 속에서 마사 씨와 다네히코 씨의 크고 작은 실루엣이 다가왔다.

　"자, 가자."

　마사 씨의 손을 잡고 나는 흐려지는 사야코의 뒷모습을 바라봤다.

48 ─────────────

그때 화약 연기 너머에서 두 남자가
모습을 드러냈다.

한 명이 다른 한 명을 어깨동무로 안듯이 부축해서
데려오고 있었다.

나는 가슴이 덜컥했다.

자작이 부축해서 데려온 사람은 상처투성이 몸으로
진흙을 뒤집어쓴 구가하라였다.

나도 모르게 마사 씨의 손을 놓고 달려갔다.

"구가하라 씨."

구가하라가 고개를 들어 나를 보고는 "오, 비짱이구
나" 하고 웃어주었다.

"안으로."

자작이 눈으로 재촉했다. 나도 미력하나마 반대쪽에
서 부축했다.

"이것 참, 크게 다친 건 아닌데. 진압 부대를 피해 산길을 지나왔을 뿐이야."

말은 그렇게 했지만 걷기도 힘들어 보였다. 겨우겨우 연결 복도에 도착하자 구가하라는 무너지듯 마룻바닥에 쓰러졌다.

우르릉 하고 건물이 진동했다. 포격을 당한 것 같았다. 어디선가 연기가 피어오른다.

"자작, 여기 있지 말고 어서 도망가. 괜히 휘말려서 득 될 것 없어."

구가하라는 핏기 없는 얼굴로 자작을 봤다. 자작이 그의 상체를 일으켜줬다.

"자네도 같이 가세. 뒤쪽에서 산으로 들어가면 괜찮네."

"반란군 다음은 탈주병인가. 어느 쪽이든 잡히면 밀실 군사재판에서 사형이군."

구가하라가 웃었다. 그 웃음소리가 묘하게 밝아서 나는 불안해졌다.

가만히 보고 있는 내게 구가하라가 온화한 미소를 보냈다.

"비짱, 살아남거라."

그 눈은 맑고 공허했다. 이제 아무것도 남아 있지 않고 아무것도 두려워하지 않는 사람의 눈.

"네가 우리의 마지막 희망이자 비장의 카드였다. 너를 공식 무대에 등장시키지는 못했지만 언젠가 그때가

올지도 모르지. 그러니까 끝까지 살아남아야 한다."

나는 고개를 좌우로 흔들었다.

"그런 거."

희망. 비장의 카드. 왜 내가 그런 것이 되어야 할까. 그래 봤자 무슨 소용이 있다는 걸까.

"아무런 도움도 안 되잖아요. 다들 싸우고 있는데."

"비짱."

순간 구가하라의 눈동자가 흔들렸다.

"내 말 명심하렴. 네 부친은 선대 황제셨다. 선대 천제의 피를 네가 이어받았지. 우리는 너를 옹립해서 새로운 정부를 세울 계획이었어. 이번에는 실패했지만 훗날 누군가가 너를 필요로 할 거야. 그렇게 알고 긍지를 갖고 살아가렴. 히카루 도련님."

무슨 소리를 하는지 알아들을 수가 없었다.

황제. 천제. 피를 이어받았다. 그리고 나는─.

당황하고 혼란스러워하는 나를 보고 자작이 입을 열었다.

"너는 남자애다. 비짱."

나는 느릿느릿 고개를 움직여 자작을 봤다.

"여자애의 옷을 입고 여자애로 키워졌지만 너는 남자애야. 여기서 숨어 지내려면 그 편이 안전하고 편리했을 거다. 네가 황제의 후계자일 줄은 아무도 몰랐을 테고 일석이조였겠지. 아마 네 나이는 열 살이나 열한 살일 거다. 얼굴이 여자애처럼 예쁘장해서 지금까지는 들키지 않았지만, 이제 더는 숨기지 못하겠지. 네 골격은 남자애의 골격이니까. 그 손도 마찬가지야. 손이 큰 걸 보니 키도 쑥쑥 클 거다. 앞으로 2, 3년만 있으면 늠름한 소년이 될 거다."

그 말에 손을 내려다봤다. 희고 긴 손가락. 듣고 보니 손이 큰 것 같기도 하다. 손등과 손목에 힘줄이 뚜렷하게 보인다. 이것이 남자아이의 손일까.

다회 때 자작이 나를 만지고 나서 움찔 놀랐던 것이 생각났다. 내 어깨가 보기보다 다부진 것을 알아차렸으리라.

구가하라가 다정한 목소리로 말했다.

"사야코가 너를 처음 만났을 때, 하마터면 '봇짱(도련님)'이라고 부를 뻔해서 황급히 '비짱'으로 바꿔 불렀다고 하더구나. 비다마 같아서라고 둘러댔지만, 결과적으로 너는 비짱으로 통하게 됐지. '히카루'도 성별에 관계없이 쓸 수 있는 이름이지만, 혹시 누군가가 이름을 조사하면 정체가 탄로 날 우려가 있으니 역시 비짱으로 부르기를 잘한 것 같구나."

그야, 네가 유리구슬 같았으니까.

사야코의 목소리가 들린다.

투명하고 예쁘고 이리저리 굴러다니는 거. 다른 유리구슬에 부딪히면 튕겨나가고 스스로는 멈출 수가 없어. 게다가 부딪히면 아프거든.

"너는 알고 있었니? 아니면 너는 네가 여자애라고 철석같이 믿고 있었던 거냐."

자작이 머뭇거리며 물었다.

나는 힘없이 고개를 저었다.

몰라요. 나 자신을 내가 어떻게 생각했는지 모르겠어요.

언제부터인지는 몰라도 마음 한구석으로는 알고 있었지만 모르는 척을 하고 있었을 뿐인지도 모른다. 어딘지 이상하다, 나는 기이한 생활을 하고 있다, 나는 특수한 입장에 놓여 있다. 틀림없이 그렇게 느꼈으리라. 거울을 볼 때마다 드는 위화감. 거울 속에 보이는 내 모습은 실제와는 다르지 않을까 하는 의혹. 그래서 나는 거울에 비치지 않은 것이다. 아니, 비치지 않는다고 스스로에게 말했다. 어떤 거대한 거짓 속에 내 인생이 있다고 느낀 추월장에서의 세월―.

천계에서, 아니 천제로부터 떨어져 나온 달.

그것은 부덕의 과실인가, 죄악의 허물인가 아닌가.

어디선가 그렇게 속삭이는 소리가 들렸다.

우르르 쾅, 하는 굉음과 함께 큰 진동이 일어 모두가 질겁했다. 천장에서 뭔가가 후드득후드득 떨어진다. 멀리서 비명과 고함이 들려온다.

"어서 가. 나는 여기서 할 일이 있어. 이제 시간이 없군. 자작, 비짱을 부탁한다."

그렇게 소리친 구가하라는 등에 메고 있던 총검으로 바닥을 짚으면서 비틀비틀 일어섰다.

"구가하라."

자작이 말했다.

"몸조심해, 자작. 셋이서 술 마신 밤은 참 즐거웠어."

구가하라는 가볍게 손을 들고 웃었다. 이미 그에게는 도망갈 생각이 전혀 없다는 것이 훤히 보였다.

자작은 할 말을 잃고 고개를 돌렸다.

타닥타닥 뭔가가 터지는 소리가 났다. 저 멀리 환하게 타오르는 불길이 보인다. 추월장에 불이 붙기 시작했다.

구가하라는 뒤돌아서 천천히 걸어갔다. 결코 뒤돌아보지 않는다.

"가자."

자작이 내게 말했다. 나는 구가하라의 뒷모습을 바라봤다. 조금씩 멀어지는 뒷모습. 다시는 이쪽을 돌아보지 않을 뒷모습.

나 자신이 텅 빈 기분이 들었다. 내게는 아무것도 없다. 이제 아무래도 좋다. 어떻게 되든 상관없다. 될 대로되라는 기분으로 자작의 손에 이끌려 걸음을 옮겼다.

어느새 연기가 자욱하게 깔리고 여기저기 불에 타는 것이 보였다.

새된 비명 소리가 들렸다.

그쪽을 보니 시노부 씨가 웅크려 앉아 울부짖고 있

었다. 미노 선생님과 마사 씨가 데리고 나가려 하지만 시노부 씨는 땅바닥에 바싹 웅크려 꿈쩍도 않았다.

연기와 화약 냄새 때문이라는 생각이 들었다. 시노부 씨는 모국에서 도망칠 때 본 혁명의 광경을 떠올리고 있는 것이다. 울음 섞인 목소리로 가족의 이름을 부르짖는 것 같았다.

자작이 달려가 마사 씨와 함께 시노부 씨를 안아 올렸다. 시노부 씨는 몸을 움츠리고 계속 울부짖고 있지만 이제 시간이 없다.

시노부 씨의 윗도리에서 그 비즈뜨개 똑딱이 지갑이 떨어져 땅바닥에 부딪히면서 내용물이 쏟아졌다. 그 기괴한 인형과 함께 굴러 나온 것.

그것은 아름다운 돌이 박힌 작은 알이었다. 남녀의 초상화 같은 타원형의 그림이 붙어 있다.

시노부 씨의 부모님이라는 직감이 들었다. 나는 황급히 지갑을 주워 내용물을 도로 집어넣은 뒤 시노부 씨의 윗도리 주머니에 쑤셔 넣었다.

뒷문을 향한 우리는 이미 불길이 번진 추월장의 뒤뜰을 지나가야만 했다. 자욱한 연기 탓에 자세를 낮추고 이동하는데도 눈과 목구멍에 연기가 들어가 눈물과 기침이 멎지 않았다.

"서둘러. 조심해, 거기, 무너지고 있어."

자작이 소리쳤다. 화르륵 하고 추월장을 삼킬 듯이 널름대는 불소리가 사방에 울려 퍼졌다. 머리가, 얼굴이 못 견디게 뜨거웠다.

　문과 창문, 환기구 등의 개구부가 많고 낡고 오래된 추월장은 눈 깜짝할 새에 불길에 휩싸였다. 불길은 무서운 기세로 모든 것을 집어 삼켰다.

　아름답다.

　연기를 흡입해 괴로운 와중에도 나는 그렇게 생각했다.

　활활 타오르는 추월장은 마치 봉황 같았다. 한때는 웅크리고 있는 왜가리 같았는데 지금은 불사조처럼 불타올라 하늘을 향해 용솟아 오르고 있다.

　아주 잠깐 넋을 잃고 바라보고 있는데, 비거덕하는 불길한 소리와 함께 건물 전체가 크게 기우는 것이 보였다.

　주변의 공기가 출렁인 듯한 느낌이 들더니 천장 들보가 무너져 머리 위로 떨어지기 시작했다.

　"위험해, 비짱, 뛰어!"

　자작의 비명을 들으면서 뜨거운 덩어리가 내 위로 떨어지는 것을 느꼈다.

　충격을 느꼈다. 하지만 그것은 내가 받은 충격이 아니라 내 위로 손을 뻗어 불타오르는 들보를 받아낸 다네히코 씨의 것이었다.

　"다네!"

　마사 씨의 목소리가 들린다.

　"으윽."

　다네히코 씨가 신음을 하며 뜨겁고 묵직한 들보를

든 채 버티고 있음을 알 수 있었다.

"어서 가!"

다네히코 씨가 내 귓가에 대고 소리쳐 나는 황급히 밑으로 기어 나왔다.

"비짱, 이리로."

자작이 내민 손을 잡고 몸을 휘청이며 뛰어갔다.

"다네!"

마사 씨가 가까이 가려 했지만, 다네히코 씨는 오지 말라며 사납게 위협했다.

다네히코 씨는 우뚝 버티고 서서 들보의 무게를 혼자 감당하고 있었다. 그러나 무너져가는 건물은 점점 무게를 더해 다네히코 씨를 깔아뭉갤 기세였다. 게다가 건물은 불길에 휩싸여 있다. 다네히코 씨의 팔과 머리는 불길에 바작바작 타들어갔다.

다네히코 씨가 뭐라고 크게 부르짖었다.

누군가의 이름이었던 것 같다.

다음 순간 엄청난 소리와 함께 추월장이었던 것이 눈사태가 나듯 무너져 다네히코 씨를 깔아뭉갰다.

"다네에!"

마사 씨의 부르짖음은 무너져 내리는 소리와 불소리에 묻혀 사라졌다.

불티와 연기, 분진이 사방으로 날아올라 주변은 대낮처럼 환했다.

아지랑이가 무럭무럭 피어올라 모든 풍경이 굽이쳐

움직인다.

그곳에, 나는 봤다.

추월장의 일부가 무너져, 가리는 것 없이 훤히 보이는 저 건너편 건물의 활짝 열려 있는 방을.

그 방에는 사람이 있었다.

서 있는 남자.

그것은 구가하라였다.

불길에 휩싸인 방에 구가하라가 서 있었다.

아니, 움직이고 있다. 여유로운 동작으로.

춤을 추고 있는 것이다.

마치 불길 따위에 개의치 않는다는 듯이 그는 우아하게 춤을 추고 있었다.

처음 만난 그 밤처럼.

그리고 그 방 안에 또 한 사람이 있는 것이 보였다.

방구석에 여자가 앉아 있다. 등을 곧게 펴고 정좌한 채 꼼짝도 하지 않는…… 사야코가.

착각이었을지도 모른다. 못 견디게 뜨겁고 겁에 질린 나머지 환영을 봤을지도 모른다. 어쩌면 아지랑이를 춤추고 있는 사람으로 잘못 봤을지도 모른다. 그것은 내가 멋대로 지어낸 기억일지도 모른다.

하지만 나는 분명히 봤다. 엷은 미소마저 머금고 우

아하게 춤추고 있는 구가하라를.

그리고 그 춤을 마지막까지 지켜보듯이 앉아 있는 사야코를.

나는 부르짖었다.

무얼 부르짖었더라. 구가하라의 이름이었나. 아니면 사야코의 이름이었나. 하지만 내 목소리조차 들리지 않고, 아지랑이는 마침내 거칠게 일고 불길은 무너져 내린 건물을 다 태워버릴 듯이 널름대고 있었다.

땀과 눈물에 가려 아무것도 보이지 않게 된 나는 자작의 손이 이끄는 대로 혼돈 속을 계속 달렸다.

시간이 얼마나 지났을까.

이윽고 열기가 사라지고 주변에는 어둠과 고요가 조금씩 돌아왔다.

나는 연신 뒤돌아보며 추월장의 마지막 순간을 지켜보려 했다.

불타오르는 봉황. 하늘로 되돌아가려는 불새.

잘 되돌아갔을까. 아니면 힘이 다했을까.

불길은 서서히 멀어지고 산길을 걷는 사이 사방은 칠흑의 어둠에 잠겨갔다.

49

머리가 아프다.

언제부터 이 집요한 두통에 시달리게 되었을까.

생각해보면 추월장을 떠난 뒤부터였던 것 같다.

성별도 태생도 가짜였고 내가 누구인지도 모른 채 살았던 추월장에서의 거짓된 세월. 하지만 이제 와서 생각하면 그때의 내가 더 진실했고 그 후의 인생이 더 거짓이었던 것 같기도 하다.

그렇다, 지금의 내가 훨씬 더 가식적인 인생을 살고 있다. 과거를 속이고, 나 자신을 속이고, 그리고 기억까지 조작하고 있다.

아지랑이 속에 일렁이는 추월장.

불길 속에서 춤추는 구가하라. 그리고 구석에 앉아 있는 사야코.

이 광경을 떠올릴 때마다 가슴이 아려오고, 머리에

뿌연 안개가 끼고 머리를 조이는 듯한 통증이 생긴다.

나는 분명히 봤을 터이다. 우아하게 춤추는 구가하라를, 등을 곧게 펴고 앉은 사야코를.

그러나 나는 이따금 다른 광경도 떠올린다.

칠흑 같은 밤에 휩싸인 추월장을.

거미줄 무늬 의상을 걸치고 춤추고 있던 구가하라. 자작과 사사노와의 술잔치를 마치고 나면 구가하라가 반드시 향하는 곳.

그곳은 사야코의 방이었다.

나는 훔쳐봤다. 장지문 틈으로 사야코의 가슴에 얼굴을 묻고 있는 구가하라를, 절망과 쾌락으로 채색된 사야코의 표정을.

질투와 증오로 가득 찬 내가 사야코의 방을 엿보는 장면을 떠올린다. 이것은 정말 있었던 일일까. 이쪽이 거짓이지 않을까.

하지만 다른 광경도 떠올린다.

그냥 아무 생각 없이 사야코의 방을 들여다봤을 때, 책상에 사야코 앞으로 온 편지가 놓여 있었다. 받는 사람의 이름이 적힌 봉투가 눈에 들어와 그곳에 있는 글자를 읽은 나는 순간 눈을 의심했다.

구가하라 사야코 님.

이게 도대체 어떻게 된 일일까. 사야코의 성씨가 구

가하라였다니. 나는 혼란스러웠다. 구가하라와 성씨가 똑같은 것은 우연일까.

그 이유는 사야코의 방에서 밀회하는 두 사람의 대화를 몰래 엿듣고 알게 됐다.

어차피 우리는 이 세상에서는 맺어질 수가 없어.

본가와 분가의 관계로, 성씨도 같고 친척일 줄은 예상했지만 설마 아버지가 같을 줄은 꿈에도 몰랐군…… 말하지 말아줘…… 설마 양녀로 보내졌을 줄은…… 이제 그런 얘기는 그만해…… 우리는 이미 오래 전에 지옥에 떨어졌어…….

장지문을 사이에 두고 나는 충격을 견디고 있다.

그리고 분노와 경멸이 차오르는 것을 느낀다.

남매 사이였다니 생각만 해도 더럽다. 혐오스럽다. 짐승이나 마찬가지, 아니 짐승보다 못하지 않은가. 내 분노는 날로 커졌다. 두 사람에게는 천벌이 내려져야 한다.

그렇다, 하늘을 대신해 천벌을.

두 사람에게 천벌을 내려야겠다.

그날 나는 혁명이 일어난 것을 알고 추월장을 떠나야 한다는 사실을 깨달았다. 이 기회를 놓치면 두 사람에게 천벌을 내리지 못할지도 모른다고 생각했다.

얼마나 많은 인원이 봉기에 가담했는지는 몰라도 나는 그것이 실패하리라 예감했다. 날마다 거듭되는 그들의 회의를 지켜봤을 때부터, 뜻을 하나로 모으지 못하고 이상론만 펼치는 그들의 작전이 위태롭다고 느꼈을지도 모른다.

그렇다면 봉기에 실패한 그들은 이곳 추월장으로 도망을 올 것이다. 특히 구가하라는 마지막으로 사야코를 만나기 위해 어떻게 해서든 추월장에 오려고 할 것이다.

그래서 나는 사야코 곁을 떠날 수가 없었다. 사야코와 구가하라. 두 사람 모두에게 벌을 줘야 하기 때문에 사야코를 두고 나 혼자 도망갈 수가 없었던 것이다.

마지막으로 추월장을 둘러봤을 때 나는 사야코의 방에도 들렀다. 사야코의 방 주위에 눈에 띄지 않게 등유를 조금씩 뿌려놓았다. 장지문 바닥에도 등유를 뿌렸다. 낡은 목조 가옥인 만큼 불이 잘 번지게 해놓으면 순식간에 타오를 것이다. 그가 이 방에 오리라는 보장도 없고 모 아니면 도지만, 이곳에 올 가능성은 높다.

예상대로 구가하라는 돌아왔다. 사야코도 구가하라가 오기만을 애타게 기다렸고 나와 같이 밤이 끝나는 곳으로 가는 일은 없었다. 가즈에가 한 말은 옳았다.

가즈에는 내가 하려는 짓을 꿰뚫어보고 그곳에 나타난 것이다.

두통이 난다.

아니, 거짓말이다. 나는 죄책감 때문에 이런 거짓말을 꾸며낸 것이다.

설마, 그런 일이 가능했을 리가 없다. 구가하라가 돌

278

아왔을 때 추월장은 이미 불길에 휩싸여 있었다. 내가 저지른 일이 성공했다면 구가하라와 사야코는 결코 그 방에 들어가지 못했다. 일이 생각대로 그렇게 잘되었을 리가 없다. 별채는 포탄 때문에 불길에 휩싸인 것이다. 설마, 내가 두 사람을 태워 죽였다니, 그럴 리가 없다.

그래, 나는 두 사람이 아지랑이 속에 있는 모습을, 구가하라가 춤추고 있는 모습을 지켜봤으니까.

나는 두 사람의 마지막 대화까지 떠올릴 수가 있다. 불길에 휩싸인 방에서 두 사람이 무슨 이야기를 했는지까지.

마지막으로 한 곡 출까. 사야코, 노래해줘. 이제는 몸이 완전히 굳었지만.

당신은 스승님께 먼저 배운 선배인걸. 나야말로 이제 목소리가 나오지 않아.

당신을 처음 만난 건 스승님 댁에서였지.

스승님도 당신은 소질이 있다고 칭찬하셨잖아. 나는 아주 형편없었는데.

그렇지 않아. 저세상에서도 함께 춤출 수 있으면 좋으련만.

그러게. 정말 그랬으면 좋겠다.

어느 쪽으로 가게 되려나.

어느 쪽이라니?

천국일까, 지옥일까.

어디든 상관없어. 함께라면.

그렇군. 천국이든 지옥이든 함께 춤출 수 있으면 상관없지.

그렇다, 내게는 들렸다. 두 사람의 목소리가. 노랫소리가.

추월장을 떠나 오랜 세월이 지난 지금도 여전히.

50 —————————————————

아아, 또 머리가 지끈지끈 쑤시네.

진짜 싫다. 오랜 세월을 함께하고 있지만 역시 좋아할 수가 없다니까요.

지금까지 한 이야기의 어디에 대체 이 오래 지속된 편두통의 원인이 있을까요? 선생님.

천제의 자손이니, 산속의 큰 저택에서 여자아이로 키워졌다느니 하는 이야기를 들으면 누구라도 황당무계하다고 생각할 테죠. 그런데 이 이야기는 진짜랍니다.

물론 내가 천제의 자손이라는 말을 믿는 건 아니에요. 스무 살 무렵까지는 누군가 데리러 올지도 모른다는 꿈에 부풀어 있었던 건 사실이지만, 어린아이라면 누구나 그렇게 생각하지 않겠습니까? 진짜 부모님은 어딘가에 살아 있고 나는 사실 고귀한 태생이라고 말이에요.

시노부 씨와 미노 선생님은 무사히 도망갔을까요? 그랬다 해도 이미 오래 전에 세상을 떴을 테죠. 아, 그렇지, 미노 선생님의 본명은 미로노프였다고 하더군요. 발음하기 어려워서 다들 줄여서 불렀던 거네요.

시노부 씨의 본명은 아나라고 하던데요. 만약 아나스타샤였으면 잘 짜인 각본 같군요. 무엇보다 러시아 혁명에서 도망쳐왔다면 훨씬 젊었을 테죠.

그런데 그때 시노부 씨가 떨어뜨린 똑딱이 지갑에서 굴러 나온 예쁜 알 말이에요. 그걸 한참 후에 박물관에서 본 적이 있습니다. 완전히 똑같지는 않지만, 이스터에그라는 건데 러시아 황제가 대대로 주문 제작했다는 이야기였어요. 시노부 씨가 갖고 있던 것이 그게 맞는지는 모르겠지만요.

아, 그리고 실은 '민달팽이'를 만난 적이 있어요.

그날로부터 20년 넘게 지난 어느 날 신주쿠의 바에서 말입니다. 우연히 카운터에 나란히 앉았는데, 어디서 본 적이 있는 얼굴인데, 싶더군요. 대화를 나누다 보니 '민달팽이'라는 걸 알아차린 겁니다. 물론 그 사람은 내가 누군지 모르고요. 그는 내 얼굴을 본 적이 없으니까요.

내가 디자이너라고 했더니, 그러고 보니 기묘한 이야기가 있다, 옛날에 이상한 그림을 그린 녀석이 있었다고 말하기 시작하더군요. 그것이 '민달팽이' 옆에 보인 소년을 그린 그림 이야기였기 때문에 그 사람이 '민달팽이'라는 걸 알게 된 거죠.

그 봉기 사건의 관계자는 모두 사형에 처해진 줄 알았는데 '민달팽이'는 무사했던 겁니다. 아마 그가 지체 높은 집안의 자식이었기 때문이겠죠.

매서운 분위기가 사라지고 그가 고상한 노인이 되어 있어 놀랐습니다.

아무튼 그가 띄엄띄엄 털어놓은 이야기에 따르면, 그 소년은 그의 첫사랑 상대였다고 하더군요. 그의 모친은 바람기가 많은 여성이었는데, 그래서인지 그는 어렸을 때부터 여자를 미워했다고 합니다. 여자를 미워하기는 했지만 당시에는 자신의 성적 지향에 관해 몰랐다고 하더군요. 그래서 그 소년을 좋아하면서도 그에게 고백을 받았을 때 혼란스러웠다고 합니다. 그래서 세차게 거절했을 뿐만 아니라 주위에 그의 성적 지향을 폭로하고 심하게 괴롭힌 거죠. 그랬더니 소년이 자살을 해버린 겁니다. 그 일이 오래도록 마음에 걸렸다고 하더군요. 그 이야기를 듣고 당시 그가 왜 그런 태도를 보였는지 납득이 되었습니다.

아아, 아파. 머리가 아파요, 선생님.

요즘 들어 옛날 일을 기억해내려 하면 특히 더 심해져요.

마사 씨, 히사 씨, 후미코. 그 후에 아무도 만나지 못했어요. 나는 추월장에서 도망친 뒤 어떤 부부에게 입양되었어요. 물론 그때는 남자아이로 말이에요. 이제는 죽은 사람을 보지 않습니다. 죽은 사람을 보고 그걸 그림으로 그린 건 추월장에 살았을 때뿐이에요. 추월장에서 그린 그림은 그때 몽땅 불에 타버렸습니다.

입양되고 얼마 후 구가하라의 얼굴을 그려봤어요. 추월장에 살았을 때는 그려지지 않는데, 그곳을 떠났더니 쓱쓱 그려지더군요. 내 기억 속의 아름답고 온화한 얼굴이 말이에요. 참으로 신기했습니다.

당시의 일은 봉인하고 새 부모님 곁에서 새 인생을 시작했어요. 미술학교에 다니고 취직도 하고 디자이너로 독립한 뒤에는 정신없이 일했습니다. 가끔 찾아오는 편두통을 살살 달래가면서요.

그런데 말이에요.

최근 들어 거의 매일 밤 추월장의 꿈을 꿔요.

아주 선명하게, 구체적인 부분까지 또렷하게요.

꿈속의 추월장은 언제나 밤이고 많은 손님을 맞이하고 있어요. 레스토랑에서 잔이 달그락거리는 소리가 들리고, 남자 종업원들이 그림자처럼 돌아다니는 것도 보이더군요.

나는 그때처럼 정원의 종려나무 사이에서 가만히 추월장을 올려다봅니다. 밤의 추월장은 정말 아름다웠어요.

꿈에 나오는 건 추월장뿐이에요. 구가하라와 사야코를 비롯해 그리운 사람들은 아무도 나오지 않더군요. 왜일까요? 두 사람 다 꿈에서 가장 보고 싶은 사람들인데.

꿈속에서 추월장을 올려다보던 나는 종려나무 사이

를 살그머니 빠져나와 월관대로 갑니다. 밤의 월관대.

그러면 저 멀리 작은 삼각형이 빛나 보여요. 밤인데도 그 삼각형은 잘 보이더군요. 당시 실컷 바라봤던, 산 너머 바다의 조각이.

나는 저곳에 가야 하는데, 하고 생각합니다. 저기에서 사야코가 기다리고 있을 테니 빨리 가야 하는데, 하고.

선생님, 나는 말이에요, 지금도 나의 밤은 끝나지 않았다는 생각이 들어요.

사야코와 헤어질 때 약속을 했어요.

밤이 끝나는 그곳에서 만나기로요.

그날 이후 나의 밤은 줄곧 계속되고 있고 한 번도 밝은 적이 없습니다.

왜냐하면 나는 그곳에 가지 않았으니까요. 밤이 끝나는 곳에 가지 못했으니까요. 사야코와의 약속을 지키지 않았으니까요.

나는 그곳에 가야 합니다.

선생님, 언젠가 갈 수 있을까요? 살아 있는 동안 그곳에.

사야코가 기다리고 있는 그곳, 내 오랜 밤이 끝나는 곳, 늘 멀리 보이기만 하고 결코 손에 닿지 않는 밤의 끝이 걷히는 곳에.

밤이 끝나는 곳

초판 1쇄 인쇄일 1975년 5월 20일
초판 1쇄 발행일 1975년 5월 30일

지은이 메시아이 아즈사

발행인 이요하 마나키

발행처 ㈜쇼구샤 **주소** 지요다구 히토쓰바시 2-5-10
대표전화 02-3230-6101(편집부)

인쇄소 돗판인쇄주식회사
조판·인쇄 ㈜세이코샤 **제본** ㈜가토제본

글 ⓒ 메시아이 아즈사, 1975

밤이 끝나는 곳

초판 1쇄 발행일 2024년 11월 7일
초판 2쇄 발행일 2024년 11월 26일

지은이 온다 리쿠
옮긴이 이정민

발행인 조윤성

편집 구민준 **디자인** 정효진 **마케팅** 이지희
발행처 ㈜SIGONGSA
주소 서울시 성동구 광나루로 172 린하우스 4층(우편번호 04791)
대표전화 02-3486-6877 **팩스(주문)** 02-585-1755
홈페이지 www.sigongsa.com / www.sigongjunior.com

글 ⓒ 온다 리쿠, 2024

ISBN 979-11-7125-750-8 03830

┌ **WEPUB** 원스톱 출판 투고 플랫폼 '위펍' _wepub.kr ┐
위펍은 다양한 콘텐츠 발굴과 확장의 기회를 높여주는
SIGONGSA의 출판IP 투고·매칭 플랫폼입니다.